AF282674

Schott's Mitteilungen

(von einem unbewohnten Planeten)

Ralph Henry Fischer

Ralph Henry Fischer

Schott's Mitteilungen
(von einem unbewohnten Planeten)

Kurzroman

Bibliografische Information der Deutschen Nationalbibliothek:
Die Deutsche Nationalbibliothek verzeichnet diese Publikation in der Deutschen Nationalbibliografie; detaillierte bibliografische Daten sind im Internet über http://dnb.dnb.de abrufbar.

Covergestaltung: Michaela Fischer

Herstellung und Verlag: BoD – Books on Demand, Norderstedt

ISBN: 978-3-7578-2376-4

„Die Wahrheit ist nur möglich, wenn ich ganz allein bin – ich kann niemandem etwas sagen. Ich kann nur lügen." Jean Genet

1

Ich weiß nicht, warum ich beginne, diese Geschichte zu erzählen – vielleicht, weil es, wie mir Edith's Brief sagt, in Italien auch nicht besser klappt als bei mir, vielleicht, weil diese verdammten Beatleslieder, die ich nun schon gottweißwarum den ganzen Tag höre, mich so sehr an die unschuldigen 60er Jahre erinnern; aber wahrscheinlich schreibe ich, weil es wieder einer dieser beschissenen Tage ist, die mir demnächst nur noch ins Haus stehen werden.

Draußen vor der Haustür beginnt Griechenland, tatsächlich, bis zum Unkenntlichsein verstümmelt, denn in Piräus kann man es nur ahnen: widerliche Betonklötze als Wohnungen, dreckige Straßen, Lärm, Nepp in den Geschäften, herausgeputzte Männlein und Weiblein, wenigstens die jüngeren – eine bunte Schale alles in allem, ein schaler Geschmack im Mund.

Was soll ich hier?

Der Job auf Atta's Schiff ist öde und langweilig: Putzen, Polieren, Flicken, Streichen, zig Kleinigkeiten, die Hafendreck und Seeluft in zwei Tagen wie ungeschehen machen, also wieder von vorn. Ganz davon zu schweigen, wie ungemütlich ein Arbeitsverhältnis innerhalb der Familie sein kann. Das hat die zweiwöchige Reise nach Korfu gezeigt. Traurig, dass Reiche von ihnen Abhängige wie Dreck behandeln müssen, um sich selbst ein bisschen sauberer zu fühlen.

Aber das sind leider Dinge, die sich nie werden klären lassen, denn zuviel hängt daran an gemeinsamen Erfahrungen und Kämpfen, von denen niemand mehr wissen will. Menschen, die repräsentieren, können sich Kritik und Zweifel nicht leisten – allenfalls an anderen, die sich verletzlicher zeigen.

Wenn ich an die großkotzige Euphorie denke beim Umzug! Lachhaft! Erstaunlich, wie bereitwillig man sich immer wieder selbst reinlegt. Hellas! Zwar war alles exakt geplant: von wegen Job fürs Geldverdienen, daneben Arbeit für die Kulturgeschichte: Bilder malen, Bücher schreiben, Lieder machen, ganz seriös! Und trotzdem: eigentlich kam ich her wie einer dieser Neckermänner, antizipierend schon die griechische Sonne im Herzen, das blaue Meer die braunen Gliedmaßen umschmeichelnd, ungeahnte Abenteuer laut Prospekt.

Und die Wirklichkeit: eine ungeliebte Arbeit, Abneigung gegen die Stadt, Verständigungsschwierigkeiten, keine Kontakte, kurz: völlige Unlust und Enttäuschung, die mir nichts und niemandem auch nur einen Hauch von Reiz abgewinnen lassen. Dazu die ergötzliche Perspektive: es wird solange dauern, bis ich mir einen erneuten Umzug erlauben kann. Ohne allerdings zu wissen: wohin?

Es hat natürlich viel damit zu tun, dass Lena abgesprungen ist; wodurch mir erst klar wurde, wie sehr ich auf sie gebaut habe. Andererseits bin ich auch froh, dass sich so (wenn auch reichlich aufwendig) unsere Beziehung klärte. Wie das klingt: Beziehung klärte! Wie eine amtliche Mitteilung. Obwohl an dieser Kälte etwas Wahres ist. Ich denke viel darüber nach, über Lena, über uns beide.

Seltsam, dass mir zu ihr nie ein Wort wie „Liebe" in den Sinn käme. Immer war es etwas anderes. Aber was? Und was ist Liebe? Gibt es sowas? Oder tauft nur jeder schlicht das Beliebige so, das er dafür hält: Geilheit, Gewöhnung, Abhängigkeit, Bequemlichkeit? Vielleicht gibt es garkeine Liebe, hat es sie nie gegeben, vielleicht gab es nie etwas, für das das Wort stand, ganz speziell und ausdrücklich. Ein leeres Wort. Aber vielleicht war man auch schon immer froh, wenigstens ein Wort zu haben, wenn schon das Gefühl nicht bestand, oder allenfalls als Idee.

Ich habe Lena oft versichert: Ich liebe dich, ja, und meinte immer etwas anderes, unterschiedliches, spezielleres: Ich mag deine Hüften, mir gefällt dein Kinn, ich bin froh, dass du da bist (was hieß: ich bin froh, nicht allein zu sein), es ist schön, in dir zu stecken, du fühlst dich gut an, ich rede gern mit dir (um keine Selbstgespräche führen zu müssen und gelegentlich mal meine Stimme zu hören) und und und. Gesagt aber habe ich: Ich liebe dich, und gefragt: Liebst du mich? und war froh, es zu hören, ebenso wie Lena drängte, zu erfahren, ob ich sie liebe, und, seltsam, mit der bejahenden Antwort zufrieden war. Diese unehrliche Zufriedenheit! Noch dazu mit soviel Leere, die nur einen hehren Namen besitzt! Warum ist das andere, das Mögen, das Gefallenfinden soviel weniger und so wenig erwünscht? Nur weil sein Gegenstand konkreter ist?

„Zuneigung" etwa, das drückt schon mehr Wirklichkeit aus, nur, wer sagt schon: Ich bin dir zugeneigt?, außer im Ulk, wenn ein lockeres, aufgeklärtes Paar mit den Werten einer untergegangenen Epoche spielt, so zum Spaß, versteht sich, zur Auflockerung, wenn das Aufgeklärte so öde wird, dass man verlegen „Liebe, Glaube, Hoffnung" mimt, selbstredend mit ironischem Unterton, damit die insgeheime Sehnsucht danach nur ja nicht offenbar werde. Das wäre mal ein Thema für die verbeamteten Revolutionäre, hätten sie nicht so viel Schiss davor, zuzugeben, dass alles immer weitaus komplizierter ist als sie zu glauben wünschen. Dafür mag ich Marcuse so (den Ludwig), dass er gerade das immer wieder betonte. Na ja, Woody Allen tut's auch. Obgleich: soviele wie ihn sehen und hören, können ihn gar nicht verstehen, sonst wäre die Welt sicher anders, oder?

Manchmal frage ich mich, ob ich je wieder eine Frau kennenlerne, eigentlich kann ich es mir nicht vorstellen, ich wüsste nicht: wie. Es gibt viele hübsche Mädchen hier, die eine oder andere betrachte ich mir gelegentlich genauer, und später wichs ich mir dann einen. Das ist alles. Die Menschen sind mir so fremd. Und es ist nicht nur die Sprache, die ich nicht beherrsche; obwohl sie mein wichtigstes Mittel ist, mich verständlich zu machen (worauf's mir noch immer ankommt, warum bloß?). Eher so ein Gefühl, dass die anderen ein Stück Boden unter den Füßen haben, auf dem sie sicher zu gehen vermögen. Mir fehlt beides. Ich scheine mir so unvereinbar mit anderen. Außerdem graut mir vor den ganzen Mühen des Kennenlernens: man tauscht vielsagende Blicke, umschnuppert sich ein bisschen, später ergeben sich Rede und Antwort über die jeweiligen Lebensläufe, Interessen, Pläne, man verabredet sich, zum Tanzen, zum Essen, zum Einkaufsbummel, zum Museumsbesuch, für einen Ausflug, und währenddessen kommt man sich selbstverständlich auch körperlich näher, behutsam, zaghaft, Schritt für Schritt, obgleich von vornherein feststeht, wohin die Schritte führen, denn nur zu diesem Zweck werden sie unternommen, immerhin bin ich keine 15 mehr; dann endlich kann man beginnen, gemeinsame Erfahrungen zu machen, die meisten im Schützen und Verteidigen.

Ich verabscheue diesen Fahrplan und kenne doch keinen Weg um ihn herum, wenn ich den misslichen Eindruck der Ausbeuterei vermeiden will, so als ginge es mir nur ums Bett. Darum geht's mir nicht (nicht nur). Eher um so etwas wie Vertrautheit, unmittelbare, direkte, die auf den Reiseführer zum anderen verzichten kann. Die pubertäre Verliebtheit ist ein verspätetes Kinderspiel. Ich aber suche eine Gefährtin. Das ist ernst. Mir ist nicht zum Spielen zumute.

Gelegentlich versuche ich, mit kühlem Kopf meine Zukunft in die Hand zu nehmen. Eine Art Bestandsaufnahme, ganz ehrlich: Gelernt habe ich nichts als Schreiben, Malen, Gitarrespielen, jedoch so gut, um damit Geld zu machen, offenbar nicht. Ich schreibe, male, musiziere wie ich es eben kann. Will's auch gar nicht anders, da bin ich ziemlich kompromisslos. Oder nur verbohrt, wer weiß. Trotzdem ist es keine Frage von Prinzipien, dass ich nicht, wie Simmel (Atta's Lieblingstip), Romane nach einem Muster stricke, das Erfolg verspräche – ich kann's einfach nicht, mir fehlt die Phantasie dazu. Ebensowenig wie ich mich auf dem Kunstmarkt umsehen kann (Marketing), um womöglich eine Lücke zu finden, die sich durch gezielte Arbeit stopfen ließe, etwa (im Bewusstsein der Eitelkeit jedes Eigners) weiße Yachten malen, wie Atta vorschlug. Und wenn ich meine Lieder anhöre, weiß ich auf Anhieb auch kein Publikum dafür. Trotzdem: was ich mache, sind Bilder, Texte, Lieder, das ist meine Arbeit, die, die ich (nicht im Vergleich mit anderen) am besten kann und am liebsten tue.

Zwar verheimliche ich mir nicht, dass in dieser herrlichen Zeit (oder seit jeher) nie die Arbeit zählt, die einer tatsächlich verrichtet, sondern nur die, die sich verwerten, sprich verkaufen lässt. Ich weiß, das geht jedermann so, nur habe ich leider nie gelernt, mich damit abzufinden. Meist tut es mir leid, diesen Mangel zu spüren, manchmal jedoch bin ich auch ganz sicher, dass ich Recht habe. Von diesen Momenten lebe ich, ein Glück, dass ich reichlich stur bin.

Irgendwo vermute ich bei mir auch etwas wie eine schlummernde, wahnwitzige Zuversicht auf plötzlichen Ruhm, und sei es posthum. Andernfalls könnte ich mir nicht erklären, wieso auf meine Zukunftsrechnungen, die nie aufgehen, nichts folgt. Wie jetzt: nichts spricht dafür, dass ich mit meinem Kram in absehbarer Zeit Geld verdienen werde. Dennoch will ich ihn nicht aufgeben. Also muss ich auf lange Sicht immer wieder Jobs nehmen, die sich mir gerade anbieten – dank meiner nichtvorhandenen Ausbildungen meist die undankbarsten, wie der auf dem Schiff. Wenn ich spare, kann ich vielleicht in zwei Jahren wieder hier weg. Aber dort wo ich hinkomme, werde ich mich wieder nach Arbeit umsehen müssen, die ich nicht mag, und so weiter, immer so weiter. Eine Vorstellung, bei der ich mich zusammenkrümme. Ich will sie nicht weiterspinnen, zu Ende denken. Vielleicht kommt ja etwas dazwischen. Tatsächlich, zuzeiten glaube ich noch an Wunder. Ein Zeichen von Lebensmut oder von Dummheit?

Oder ich sehne mich nach Ruhe. Auf den Inseln hier gefallen mir gerade die abgelegensten Häuser, diese kleinen, dürftigen weißen Klötze, weitab von jedem Ort, an dem Menschen sind, durch keine Straße erreichbar. Da möchte ich wohnen. Geld brauche ich nicht viel, mit sechshundert Mark könnte ich an jedem Fleck der Erde ausreichend leben. Aber selbst diese paar Mark gibt mir niemand schon dafür, dass ich ein netter Mensch bin, viel nachgedacht habe, kluge Sätze schreiben, bunte Bilder malen und düstere Lieder singen kann. Selbst für sechshundert Mark muss man sich mit Leib und Seele verkaufen! Ermutigend, zu sehen, wie wenig wert jemandes Glück ist (speziell meines). Atta etwa könnte mir, auch ohne dass ich für ihn arbeite, die Summe zur Verfügung stellen, die ich benötige: er verdient soviel, dass er es nicht spüren würde, auf nichts müssten er und Mom darum verzichten. Aber schon jetzt erscheine ich ihnen, die sich ihre Hobbies, ihren Luxus, ihr Wohlleben Unsummen kosten lassen, wie die Ausgeburt der Unbescheidenheit. Mom rechnet mir bisweilen vor, wieviel die Joghourts kosten, die ich in einer Woche verzehre; wenn mir so sehr an einer anderen Gesellschaftsordnung gelegen sei, müsste ich doch darauf verzichten können; sonst sei es mir offensichtlich nicht allzu ernst damit.

Joghourt und Gesellschaftsveränderung! Von der spreche ich ohnehin nicht mehr, ich rede allenfalls von mir! Frage mich, was sie eigentlich von mir wollen. Offenbar ist in ihren Augen jemand, der Kritik übt – und dennoch weiterhin isst und trinkt, sprich am Leben bleibt –, schuldig. Er verdient nicht, gehört zu werden, geschweige unterstützt, geschweige gar durch etwaige Zahlung von sechshundert Mark ohne Gegenleistung als der, dass er *seine* Arbeit tut, auch noch belohnt zu werden.

Das Geld ist der einzige sichere Punkt, an denen ihnen ohne Zweifel nichts wehtut, sei es eine Fehlinvestition oder ein Geschenk. Aber nur in diesem Punkt beklagen sie sich über die gewaltigen Schmerzen, die ihnen, speziell von den Kindern, zugefügt würden, all diese Enttäuschungen, die ihnen nicht erspart blieben, obgleich doch wohl gerade sie eine Wiedergutmachung verdient hätten, nach allem, was sie für uns getan haben.

Atta erzählt gern die Geschichte von dem bedeutenden iranischen Maler, für dessen Bilder viele Interessenten Traumsummen zahlen würden, würde er sie nur nehmen. Doch er verkauft nichts, nicht ein einziges Bild. Stattdessen sorgt seine äußerst finanzschwache Familie für sein Auskommen, vielleicht nur, weil sie ihn mag, also auch seine

Verrücktheit selbstverständlich akzeptiert. Ich frage mich, wieso Atta diese Geschichte so gefällt. Versteht er sie? Und warum erzählt er sie mir, nicht sich? Oder geht es tatsächlich nur ums Geld, ist Geld selbst dann schon entscheidend, wenn es nur als Möglichkeit existiert? Und macht schon diese Möglichkeit allein jemanden zu einem Menschen, den man achten kann – Atta wenigstens?

Allerdings gibt es kein Anrecht auf Glück, das ist mir klar, für dessen Verwirklichung andere gefälligst zu sorgen hätten, wenn sie es können. Schön wärs. Der Satz in der Bill of Rights hat nur soviel Bedeutung, wie sich Leute finden, die das Glück anderer in ihren Händen halten – und sie dann auch noch öffnen. Obwohl es Situationen gibt, in denen ich mir dieses Anrecht fast zubillige, beispielsweise wenn Mom darauf besteht, dass ich, wenn ich nur wollte, schon könnte, auch Glücklichsein. Mich trifft die Unbekümmertheit und Ignoranz, mit der hier das Unglück dem Unglücklichen auch noch in die Schuhe geschoben wird, als würden die eigenen nicht drücken.

Frage mich bisweilen, ob Mom tatsächlich vergessen hat, dass das wesentliche Ziel ihrer Erziehung darin lag, meinen Willen zu brechen – damit ihr eigener Raum genug habe. Ich entschuldige damit nicht die Unterlassungen, die ich selbst zu verantworten habe, seitdem ich weiß, woran es mir fehlt. Doch meine Unterlassungen machen auch nicht Moms Erziehung und Atta's Abwesenheit dabei bedeutungslos oder ungeschehen. Es geht mir überhaupt nicht um Fragen nach Schuld, nur darum, Bescheid zu wissen, weshalb ich so bin wie ich bin, vielleicht hilft es, mal anders zu werden.

Bloß wenn man aus Gründen des eigenen Wohlbefindens versucht, mir die Alleinschuld zuzuschieben, für meine „Lebensuntauglichkeit", wie Atta es strafend nennt, dann allerdings platzt mir (symbolisch wenigstens) der Kragen. Aber es ist unmöglich, mit ihnen darüber zu sprechen, denn sie vermuten in allem, was ich vorbringe, eine Anklage, der sie prompt mit einer großen Rechnung begegnen, über Leistungen und Entbehrungen ihrerseits, derzufolge sie auf meiner Seite nur ein riesiges Soll erblicken, das sie mich getrost auch weiterhin verurteilen lassen kann. In solchen Momenten bin ich nahe daran, ihnen meine Rechnung zu präsentieren – und erschrecke vor dem Zorn und der Trauer in mir.

2

Heute war ich in Athen, um Menschen zu sehn. Hat mich erschreckt, dass es so viele gibt. Ein wahnsinniges Gewühl, Gekrabbel, Schubsen, Stoßen, Laufen, Rennen und zwischen allem Autos, Staub, Getöse. Am verwunderlichsten war, einen jeden überaus beschäftigt zu sehen, zielstrebig und voller Interesse gingen alle ihres Wegs, taten etwas, redeten miteinander, im Gehen, im Café, im Geschäft, alles durchaus hingegeben und ernsthaft, was nicht heißt: ernst, denn offenbar gibt es unter Menschen auch viel zu lachen.

Wie fremd mir das ist. Es bedrückte mich, es mitzuerleben, das Gehen fiel mir schwerer und schwerer, die Schuhe drückten, Schweiß trat mir auf die Stirn. Ich fragte mich, wie ich da je hinein kommen sollte, in dieses Leben. Ich fand keine Antwort, konnte mir keine Brücke vorstellen. Obwohl ich, wenigstens heute, gern dazu gehört hätte. Ob dieses Leben der anderen zufriedener macht als meines? Kann man auf Dauer als Zuschauer leben?

In einem Café am Syntagma ruhte ich mich aus. Die Tasse Kaffee befriedete mich wieder, da bin ich Zuhause: sitzend, kaffeetrinkend, zigaretterauchend, schweigend, um mich schauend. Ein wunderschönes Mädchen ging vorbei, schulterlange, dicke schwarze Haare, das Gesicht einer Madonna, schmale lange Glieder, eine Art zu gehen, die auf mich wirkte, als hätte sie den mystischen Einklang mit der Welt, den in vorhistorischer Zeit Menschen vielleicht empfanden, ohne Aufhebens in sich bewahrt: die Fußspitzen leicht nach außen gedreht glitten ihre Schritte über den Boden, gleichmäßig, gelassen, weich. Ein bisschen erinnerte es mich ans Ballett, ohne dessen Bemühtheit. Ich fand es ausgesprochen erotisch, ihr mit den Blicken zu folgen. Wenigstens das. Denn ich merkte, dass ich ihr am liebsten hinterher gelaufen wäre. Aber jemand in mir fragte laut: Wie soll das denn gehen? Wie stellst du dir das vor? Wie macht man sowas überhaupt? Ich blieb sitzen, natürlich. Und wünschte, es gäbe soetwas wie ein parapsychologisches Zueinanderfinden, das die ganzen Umwege, die vielen Worte erübrigte. Stattdessen kaufte ich mir auf dem Heimweg den Playboy.

In der U-Bahn sah ich dann noch den missmutigsten Menschen, dem ich je begegnet bin, dagegen erschien ich mir selbst als wahre Frohnatur: ein dünnes, altes Männlein mit dem ausdrucksvollsten Gesicht: das saure Leben hatte ihm die Mundwinkel bis zum Kinn herabgezogen, wodurch die Unterlippe fast die Nasenspitze berührte. Der einzige Ausdruck, den diese drastischen, abweisenden Züge vermittelten, war: Das ganze Leben ist ein einziges, umfassendes Ärgernis. Die Philosophie als Gesicht, optische Summe eines Lebens. Das kann mir nicht passieren, schoss mir durch den Kopf. Hoffe ich jedenfalls. Hätte den Alten gern aufgemuntert. Aber welche Philosophie lässt das schon zu? Und womit auch?

Die Idee, am völlig falschen Ort zu sein. Nur – welcher ist der richtige? Das Haus auf den Inseln, die naturverbundene Eremitage kommt mir immer dann in den Sinn, wenn ich mich deplaciert fühle. Obwohl ich dann auch denke: Das darf doch nicht wahr sein, mit 27 sehnst du dich nach Ruhe und Ordnung und Ungestörtheit! Tatsächlich, manchmal wünschte ich mir ernsthaft, schon an die 60, 70 zu sein. Dann hätte ich's wenigstens hinter mir. Was? Die Ungewissheit vielleicht. Außerdem verbinde ich mit Altsein die Hoffnung: unbehelligt zu bleiben, nichts mehr leisten zu m ü s s e n. Man erwartet das von den Alten ja nicht mehr, darin haben sie es gut. Ich möchte außen alt sein, innen jung, denn um die Senilität möchte ich gerne herumkommen. Aber immer allein, ich weiß nicht ...

Sara und Lotte kamen gestern an. Drei Wochen Urlaub. Sara wohnt drüben, bei Atta und Mom, Lotte bei mir. Mit ihr rede ich gern, sie meint bisweilen, was ich denke. Dass wir jetzt, nachdem wir uns schon zwei Jahre kennen, zum ersten Mal miteinander geschlafen haben, macht alles schwieriger, urplötzlich. Bumsen, ohne verliebt zu sein, aus purer Geilheit, ist sehr unbefriedigend, wenn nicht mehr: der Schritt bis zum Ekel, das spüre ich, ist nicht groß. So macht man sich das Leben kompliziert. Ich bin froh, dass Lotte ein paar Tage weg ist. Wie ich ihr dann allerdings beibringen kann, dass sie anschließend woanders wohnen soll, ist mir ein Rätsel. Einen Moment lang empfand ich sie fast wie eine Schwester, mit der man auch ins Bett gehen kann. Irrtum, mit einer Schwester geht man nicht ins Bett, das ist das Wertvolle daran. Womöglich kann man, wenn man sich so ausgiebig kennengelernt hat wie wir beide (und zwar nicht im Gerüst einer Beziehung), garnicht mehr verliebt sein. Statt des oberflächlichen Reizes, der immer auch durch Blindheit entsteht, stellt sich eine Art innere Begegnung ein, die vielleicht dauerhafter ist. Erstaunlich nur, wie wenige Menschen in dem Netz hängenbleiben, mit dem man Begleiter fischt. Obwohl man so viele erwischt.

Kann man feststellen, ob man noch am Leben ist, wenn man allein ist? Bin ich schon tot? Leben = Bewegung und Begegnung, nur wer sich bewegt, trifft auf andere. Bei mir findet die Bewegung innen statt: bewegungslos bin ich bewegt. Klingt wie Laotse, so gewieft. Derlei Weisheit ist für alte Männer, die genug gelaufen und angestoßen sind und aus der Ermüdung eine Philosophie machen. Sie können sich Unbedingtheit und markante Formeln erlauben, sie haben nichts mehr zu verlieren als Zeit, darum strecken sie sie bis in die nahende Ewigkeit, indem sie sie entleeren.
Aber kennt jemand ne Philosophie für alte 27jährige, denen entleerte Zeit wenig nützt, zuviel davon liegt noch vor ihnen? Eine, die ins Leben führt, keine, die hilft, es zu überwinden. Selbstmord ist keine Philosophie, auch nicht ihr Ende – nur irgendwann das kleinere Übel, wenn die Mauern um einen so undurchdringlich geworden sind, dass man sie auf andere Weise nicht mehr verlassen kann.

16

Ich glaubte zu wissen, was Einsamkeit ist; seit zehn Jahren bin ich allein, in mancher Hinsicht. Aber wie jetzt war es nie. Denn immer noch waren Leute da, Ereignisse, Ziele, Hoffnungen, und immer setzte ich meine Einsamkeit in Bezug dazu (wodurch sie nie wirklich wurde, nie bis zu den Wurzeln reichte): in der Behauptung gegen Menschen, in den Träumen von Ruhm und Ehre, im Spielen mit Ideen und Plänen. Immer gab es etwas, das die Einsamkeit nie ganz ernst werden ließ. Jetzt trennt uns nichts mehr, sie und mich, wir stehen uns gegenüber, zueinander verurteilt, ein ideales Paar, eine Bindung von Dauer. Nur wenig lenkt mich von ihr ab, am wirksamsten der Schlaf. Ich sehne mich nach Schlaf, meine Tage sind Unterbrechungen der Nächte. Ich bin gierig nach Träumen, selbst die schlimmsten erlebe ich dankbar. Im Traum geschieht wenigstens etwas, da begegne ich den Menschen und fühl mich wohl dabei, so wohl wie im Wachen nie. Ich habe Angst davor, auch in meinen Träumen eines Tages allein zu sein. Vielleicht wird das der Tod sein, der ganze, wenn sich die Einsamkeit mit mir deckt. Auch ne Art Selbstverwirklichung oder Identitätsfindung, was? Nicht die ersehnte, in 1000 + 1 Theorie gezeichnete zwar, aber immerhin – bleibt nur offen, ob man sich denn mit seinem Tod identifizieren kann, wenn ihm kein entsprechendes Leben vorausging. Weiß der Tod damit was anzufangen? Womöglich bereite ich ihm noch Kompetenzschwierigkeiten, vielleicht muss er sich an die nächsthöhere Instanz wenden, um wieder in Einklang mit seinem Berufsbild zu kommen. Der Arme, auch für ihn kompliziert sich alles, dem verwalteten Leben folgt konsequent der verwaltete Tod. Dann ist die Welt fertig, endlich, wenn erst die Überraschungen ihre eigene Behörde haben!

3
Manchmal schaue ich aus nach Bundesgenossen. Geht es anderen womöglich ähnlich? Und warum?

Natürlich finde ich sie, zur Genüge, schon unter den wenigen Personen, an die ich selbst geriet. Edith sitzt seit einem halben Jahr in Italien und weiß jetzt, dass nichts draus wird. Was wird sie tun, mit dreiunddreißig? Und was wird Harald machen, ohne Beruf? Zurück nach Deutschland? Immerhin hat er einen Sohn da. Und wielange kann Lena noch soviel Lärm schlagen, um die Totenstille in sich zu überhören? Wird sie auch weiterhin immer wieder Leute finden, mit denen sie sich vormachen kann, endlich einmal etwas ganz Neues und Anderes anzufangen? Immer wieder anfangen? Können wir nun beginnen, mit 30? Verspätete Kinder mit Erwachsenengesichtern? Lässt sich die bisherige Geschichte einfach immer wieder streichen, oder wie? Dreißig Jahre Nichts? Für Nichts und wieder Nichts soviel Zeit vertan?

Oder jemand wie Flori: mit 26 schon auf dem Fleck erstarrt, sprachlos, wartend: vielleicht hilft jemand, außer der Psychiatrie. Auch sie hat ein Kind. Und nichts, das nur einen Schritt nach vorn lohnen würde. Oder Till, 35 Jahre alt, der bei seiner Mutter lebt, die ihm die amtsärztlich verordneten Stimmungsdämpfer verabreicht, damit er nicht nochmal ausflippt. Er wird nirgendwo mehr Arbeit finden, mit den Jagdscheinen all dieser seelsorgerischen Anstalten, in denen er saß; und wenn, wird er noch jahrelang die Rechnungen bezahlen müssen, die ihn sein letzter Schub kostete. Kann man so leben, weiterleben, bis zum Ende?

Oder wie Guru Absalom, eingesponnen in kosmologische Phantasien, gesperrt in einen Käfig aus Deutungen, der vor dem Leben schützen soll und doch nur davon ausschließt?

Aber die Verblendeten leben vielleicht noch am besten, wenigstens bis auf weiteres. Wie Uli, der auf der Suche nach der Psyche und ihren somatischen Äußerungen die zugehörigen Menschen zerschneidet und tötet, zu denen er so gern möchte. Er betrügt sich mit Askese, mit Bußwanderungen durch Länder, die er nicht sieht, denn er bemerkt nur Skelette und berichtet klug über ihre Beschaffenheit. Der Fanatismus der Furcht vor sich selbst. Diese ewige Monotonie, diese ewig gleichen Worte, dieses verstockte Durchhalten! If I ever get out of here ... (Paul McCartney). Und über allem das Warten, das stumme, resignierte, verschämte Warten, ob es nicht vielleicht doch besser wird, irgendwann. Wann? Mit 40, mit 50?

Die Bundesgenossen: ja, es gibt sie. Nicht als meinesgleichen, das nur in der Tendenz, in der Grundstimmung. Verbunden sind wir in der Unfähigkeit, zueinander zu gelangen. Ein Verein lässt sich mit uns gewiss nicht gründen, denn zu dem entsprechenden Leben, dem des Vereins, wäre niemand imstande. Auch kein Staat lässt sich mit uns machen, selbst das nicht. Das ganz bestimmt nicht! („Suche einen, der meine Sprachlosigkeit teilt. Erbitte Zuschriften mit Bild und Rückumschlag.")

Vielleicht lässt sich alles nur besoffen ertragen. Es gibt soviele Süchtige in meinem Alter. Diese Sucht nach Glück – das eigentliche Ziel. Da sie sich offenbar nicht erfüllen lässt, versucht man andere Drogen, die wenigstens ein kurzfristiges verschaffen. Besser das als keines. Obwohl ich mich fürchte vor dem Erwachen: immer wieder auftauchen an der gleichen Stelle; immer wieder eintauchen in dem Bewusstsein, am gleichen Ort wieder aufzuwachen. Die Verbissenheit solch kleinen Glücks. Es strahlt nicht, außer in einem konstruierten, vagen Moment. Glück als Handwerk. Der Trinker spielt sich auf ritualisierte Arbeitsgänge ein, wenn er trinkt, die Glücksmacher erfordern genaue Handhabung, derlei Glück bedarf so vieler Vorbereitungen: vom Fixen schrecken mich diese ganzen Gerätschaften und nüchternen Handgriffe ab. Dem Glück entfremdete Glücksarbeit leisten, auch das noch! Man trinkt das fremde Glück, spritzt es sich, legt es auf die Zunge, raucht es – und scheidet es wieder aus, in dieser und jener Form, wie einen Fremdkörper. Darin liegt die Abhängigkeit: das Glück kommt nicht von innen, es braucht Fabriken, Händler, Lieferanten, man muss es auf Heller und Pfennig bezahlen. Eine Sache von Rechnungen. Obwohl die eigentliche, die ersehnte, so nie aufgeht.

Aber es geht auch am allerwenigsten um Prinzipien – nur darum, wieviel Wirklichkeit einer ertragen kann. Auch wenn das wahre, eigentliche Glück nur in ihr zu finden sein mag – verläuft die Suche danach vergeblich, begnügt man sich mit dem, was man hat, an Ort und Stelle, sind sie auch nicht die richtigen, die erträumten. Obwohl es schwer ist, vielleicht unmöglich, das Glück, das die Wirklichkeit irgendwo versteckt hat, zu vergessen, wenn man es einmal ahnte.

Warum nur hält nichts von all den Plänen, die mir in den Kopf kommen? Der Wechsel nach Griechenland war von vielen begleitet: sie ließen mich einen Schritt tun, hierher, einen gewaltigen. Doch plötzlich ist es, als verharrte ich in der Bewegung, schon den Fuß vom Boden erhoben, für den nächsten Schritt, erstarre, halte inne und überlege, wie es wohl zu allem gekommen ist. Es hat keinen Sinn mehr zu gehen, das Fortbewegen ist zweifelhaft. Nichts lohnt sich mehr.

Zum Beispiel hatte ich vor, während des Aufenthalts hier Eindrücke von Land und Leuten festzuhalten, die unbekannte Lebensweise aufmerksam zu beobachten und zu beschreiben. Ich sehe, rieche, höre sie, doch mir fällt nichts dazu ein, mir fehlt das Interesse, auch der Abstand: anderes ist wichtiger, einnehmender: die eigene Person zumal, neben der das Sonstige verblasst, ob nun Sonne, Meer, antike Kultur oder die fremde Lebensart. All das ist anwesend, aber nicht stark genug, mich abzulenken von den Fragen nach Leben und Tod, die sich hier ebenso stellen wie anderswo, die wechselnde Kulisse ändert nichts.

Ich erschrecke über die Wichtigkeit, die ich für mich selbst besitze und die sovieles verhindert, vorrangig das Genießen. Das Leben zu genießen, scheint so abwegig. Vielleicht sollte ich bescheidener sein in dem, was ich von mir will. Ich wünschte mir, offener zu sein für das Außen, leer und aufnahmebereit, in mich einfließen zu lassen, was sich einstellt an Lebensfluss. Wenigstens mal nippen können, einen kleinen Schluck! Aber dieses dumpfe, unzufriedene, überwache Ego überschattet alles.

Schon seltsam, was ich vermisse: bloß die kleinen Ablenkungen, die die einmal erlernte Sprache bereithält: das deutsche Fernsehen, Zeitungen, Radio. Oder in einem Buchladen rumstöbern zu können, in Worten, unter denen ich mich auskenne. Ansonsten: nichts. Deutschland? Ein Zufall, gerade diese Sprache gelernt zu haben. Sie half, sich in dem Land einigermaßen zu orientieren, mehr nicht, nicht eine Spur von Gefühl. „Denk' ich an Deutschland in der Nacht ...", das kann mir nicht passieren. Die Länder sind so, wie ich mich gerade darin befinde, der Ort selbst ist belanglos. Besondere Zuneigungen oder Abneigungen: wozu?

Spezielle Anteilnahme? Woran? Schmidt oder Strauß? Scheiße, was geht's mich an. Carter oder Kennedy, Karamanlis oder Papandreou – worin unterscheiden sich die Situationen, außer im Wortlaut von Verfassungen, den Programmen der immer gleichen Parteien (rechts, links, Mitte), der Leistungskraft der Verwaltungen, den Leitartikeln der Presse? Was davon verdiente besondere Aufmerksamkeit, besonderes Engagement – solange es mir nicht unmittelbar auf den Leib rückt? Wie etwa die Bundeswehr, die auch ein Grund war, Deutschland zu verlassen – doch nicht darum, weil sie existiert und Funktionen hat, die ich nicht billige: sondern nur, weil sie wieder nach mir griff und ich weder Laune habe, Wehrdienst zu leisten noch Ersatzdienst noch in den Knast zu wandern. Das ist alles. Und wäre hier, im konkreten Fall, nicht anders, würde ich mich einbürgern lassen. Deutschland interessiert mich nicht, nur lässt es mich nicht in Ruhe, manchmal, das Kreiswehrersatzamt oder früher das Arbeitsamt, das Einwohnermeldeamt, das Finanzamt. Dann befasst es mich.

Wie hier in Griechenland jetzt die Frage, ob im November meine Aufenthaltsgenehmigung verlängert wird oder ich das Land verlassen muss: was mir gleichermaßen gelegen und unpassend käme: gelegen, weil mir die Entscheidung über meinen Abgang von einer anonymen Stelle abgenommen würde, ich also gezwungen wäre, was Neues zu machen – unpassend, weil ich nicht wüsste: was und wo.

Bei der ersten Verlängerung im August klappte es noch gerade, mit viel Reden und flehendem Blick und Hinweisen auf Atta's Geldbeutel. Der fesche uniformierte Beamte war schließlich von meiner Ungefährlichkeit überzeugt und bewilligte noch drei Monate. Als ich den Beruf „Maler" angab, horchte er auf: „Sind Sie berühmt?" fragte er vorsichtig. Dann wäre der Behördenkram wohl keine Schwierigkeit, entnahm ich seinen Worten. Ich verneinte, er zuckte die Schultern. Später ärgerte ich mich, dass ich nicht mit ja geantwortet hatte – genügend selbstsicher vorgebracht, hätte es ihn sicher am aktuellen Stand seiner Bildung zweifeln lassen. Und viel demütigendes Betteln erspart.

Ich brauchte eine Bühne. Nicht der Prominenz wegen, die wäre nur ein Mittel: nicht dazu gehören zu müssen und dennoch dabei zu sein; ein Zustand, der mir sehr angenehm wäre. Die Bühne trennt von den anderen, sichert das Unbehelligtsein – und verbindet doch mit ihnen, coincidentia oppositorum, das Zusammenfallen der Gegensätze, so gerät die Philosophie ins Showgeschäft. Die vielen abgetakelten, inbrünstigen Geschichten passionierter Akteure haben in diesem Sinne recht: das Bühnenleben ist neben anderem eben auch eine Art Leben, nicht bloß ein Job oder Dienst an der Kultur. Und nicht einmal das Scheinwerferlicht macht es, das herausreißt aus der dunklen anonymen Menge – nur dieses zwielichtige Phänomen, bei den Menschen zu sein und dennoch ihren vereinnahmenden Griffen zu entgehen. Trotz aller Schminke, allem Glitter, allen technischen Finessen eine Möglichkeit, unbeschadet mehr von sich zu zeigen, mehr zu sein oder es wenigstens darzustellen, ohne darum gleich ins menschliche Abseits zu geraten.
Genau darin lag die Chance, die ich damals in unserer naiven Gymnasiasten-Beatband aufspürte: ein Weg, ums Alleinsein herum zu kommen, ohne mich aufgeben zu müssen. Ein Hauch von Seligkeit, für kurze, kostbare Zeit eine geeignete Form, da-zu-sein. Da-Sein am richtigen Ort, in der richtigen Weise, in der jeweiligen Gegenwart zwischen beidem: der Welt und mir. Wunderschön, das aufregende Tin-

geln über die lokalen Jugendbühnen, auf denen ein zuversichtliches Einvernehmen klang: die simple Freude, zusammen zu sein. Umso bestürzender, als es endete: sofort klaffte die Welt wieder auseinander, ließ mich mit ihr allein, das behütende Wir zersprang erneut in Du und Ich, in viele, die sich bekämpften.

Die kleineren Versuche, die darauf folgten, mir neue Bühnen zu bauen, scheiterten kläglich: die Bühne des unerbittlichen Denkens, das ganze absurde Heldentheater, vor Freunden, Bekannten, im Kinderladen, in der Familie war nur noch: Schmiere. Darum mangelte es auch an Zuschauern und Applaus. Denn auch um den geht es: nicht als Schmeichelei, nur als Mit-Freude. Wie sehne ich mich danach! Aber eigentlich immer zurück, in die Beatzeit. Der Sehnsucht nach vorn fehlt nicht das Ziel, nur der Weg dorthin. Zwar schlagen meine Träume manchmal Purzelbäume: wenn ich etwa meinen Liedern bisweilen zutraue, mir das donnernde Comeback zu ermöglichen. Aber beim Aufwachen habe ich blaue Flecken. Es geht nicht weiter, die Wege sind zugeschüttet. Womit? Mit nichts als Angst. Wovor? Vor den Irrtümern, dem Selbstbetrug, dem schalen Geschmack im Mund, vor der Lächerlichkeit, vor einem ganzen anstrengenden Leben.

4

Ich höre, dass Lena zur Zeit dabei ist, die übliche schmutzige Wäsche zu waschen, mit der sie jede kaputtgegangene Geschichte abschließend zu krönen pflegte. Jetzt also unsere. Es macht mich traurig und auch wütend, am eigenen Leib zu erfahren, mit wievielen dummen Tricks sie sich ihr Wohlgefühl zu verschaffen versteht: die Verflossenen als absolute Arschlöcher zu betrachten und hinzustellen, hilft ihr wohl noch immer, die eigene Unfähigkeit, mit anderen zu leben, zu vertuschen und das eigene Arbeiten daran (um es womöglich zu lernen) immer wieder aufzuschieben. Zudem verschafft es ihr stets aufs Neue Kredit bei denen, die sie noch nicht kennen: denn ihre vermeintlichen Leiden blenden nicht nur sie selbst – mancher naive Außenstehende erliegt dieser todtraurigen Geschichte von dem bedauernswerten Mädchen, dem das Leben so übel mitspielte. Man wird so klein und bescheiden, wenn man Lena's ergreifender Selbstdarstellung aufsitzt: unangemessen und nichtig erscheinen plötzlich die eigenen winzigen Problemchen, mit denen man sich so rumschlägt. Wie kann man nur? Dass man es kann, macht man rasch wieder gut, indem man Lena schnell und gründlich zur Seite springt. Wer verdient schon Beistand und Verständnis wenn nicht sie?, mit der es bislang niemand ehrlich und redlich meinte; und die doch nicht den Kopf hängenließ und aufgab, tapferes Kind! So ähnlich begann es wohl immer, vermute ich, nicht nur bei mir. Und immer liegt in diesem irrealen Anfang das baldige reale Ende schon versteckt. Aber das ist eine besondere Geschichte.

Interessant nur, wie mühelos sich jede Spur von Moral und Gewissen (teuflische Wörter – aber ich meine sie als Umschreibung für eine Art des Miteinanderumgehens, die gegenseitige Achtung voraussetzt) ausschalten lässt, wenn sie kurzfristig (und kurzsichtig) hinderlich zu sein scheint und dem eigenen Befinden abträglich: die Verteufelung der Menschen rechtfertigt jede eigene teuflische Maßnahme gegen sie, gestattet das rücksichtslose Ausleben der eigenen, unbesehen für allein gut und richtig befundenen Interessen – kostet es was es wolle: die Verluste zählen nicht. Denn nur langfristig wird das Vergebliche daran sichtbar: angesichts einer entvölkerten Welt. Vermute ich wenigstens, vielleicht auch nur als Trost in meiner Fassungslosigkeit, mit der ich Lena's Gebaren erlebe. Denn kurzfristig (und kurzsichtig) erscheint sie jedesmal als Gewinnerin, das gebe ich zu.

Diese Wohnung. Wie unerheblich das Draußen ist. Es existiert garnicht, entsteht vielmehr jedesmal neu, wenn ich meine Höhle verlasse, diesen fixen Nabel meiner Welt. Er könnte überall sein, genauso nüchtern und leer, ein zufälliges Gefängnis, das die anderen ausschließt, eine zweite, weitere Haut um mich, innerhalb derer ich mich bewege, stumm, beengt, nur der kleinsten Schritte fähig. Die aber sind wenigstens sicher und ungefährlich. Meine Wohnungen gleichen sich wie die berühmten Eier: alles darin ist sinnvoll zufällig: die Bücherwand, die Arbeitsplatte fürs Zeichnen und Schreiben, Plattenspieler, Fernseher, Kassettenrecorder (für die synthetische Geräuschkulisse), das Bett, der Esstisch, die Kaffeemaschine. Eine herausragende Neuerung: die zwei Balkone, schmal, kaum benutzbar, aber immerhin vorhanden, als landesübliche Zutat gewissermaßen – außer zum Putzen sah ich noch keinen Anlass, mich dort aufzuhalten.

Mir fehlt das Gespür für die Garnierung der Lebensumstände, zumindest der gegenwärtigen; die künftigen, noch nie dagewesenen allerdings stelle ich mir immer exotisch dekoriert vor. Bislang hat das Heute noch nie das Morgen eingeholt oder ermöglicht; und so bleiben meine Wohnungen was sie immer waren: karge Wartehallen für ungewollte Aufenthalte, in die niemand sonst gerät.

Darum tu ich mir auch keinen Zwang an, verhalte mich, wie man sich verhält, wenn man unbeobachtet ist: anders als in Begleitung. Man braucht seine Zeit und die Schritte darin nicht abzustimmen mit anderen. Ich esse, wann, wo, wie, wieviel und was ich möchte – kein Grund, mich zusammenzureißen: den eintönigen, geschmacklosen Speisezettel, vorrangig von den erhältlichen Konserven diktiert, würde ich mir im Zusammensein mit anderen nicht leisten: was ich koche, schmeckt nur mir. Manchmal esse ich direkt aus dem Topf, um Tischdecken und Spülen zu sparen. Wenn ich am Tisch sitze, ziehe ich die Knie unters Kinn, lege die Arme auf die Platte, das Radio läuft, ich lese irgendwas, während ich das Zeug in mich reinschaufle.

Oder, je nach Stimmung und Schallplatte, überlasse ich mich dem Bedürfnis, mich zu bewegen. In den gewagtesten Posen und groteskesten Figuren tanze ich manchmal bis zur Erschöpfung – wenn man es denn tanzen nenne will, vielleicht so wie Zorbas es verstand. Natürlich bei geschlossenen Rollos. Die auch das spontane Wichsen an anderen Orten als unter der Bettdecke erlauben.

Überhaupt laufe ich gerne nackt herum, die Kleidung nimmt mir oft die Luft. Unangezogen bewege ich mich anders, auch meine Gliedmaßen. Es ist schön, wenn der Schwanz mal frei baumeln oder pendeln kann wie es ihm gerade beliebt. Ich spüre meinen Körper besser, wenn er nackt ist, auch interessiert er mich so mehr. Oft betrachte ich mich lange im Spiegel, von allen Seiten, auch und gerade den versteckten. Es drängt mich, mich meines Körpers zu vergewissern, ihn zu betrachten, zu benutzen, insbesondere, weil er gemeinhin das Ding ist, das die meiste Ignoranz erfährt. Bin ich darum ein Narziss? Und was ist das überhaupt? Nichts anderes als verwerflich, im Zeitalter der kollektiven Auflösung eines jeden kümmerlichen Egos? Oder nur sowas wie ein scheuer, kläglicher Schritt auf sich selbst zu, nach soviel Gewaltmärschen von sich weg?

Einerlei, der Privatkulte sind viele, und sie alle bergen eine Andeutung von Freiheit, vieler kleiner Freiheiten vielmehr, die nichts weniger sind als ein Ersatz für die allumfassende, große, die jeder Sozialtechniker mit wenigen Strichen so gut zu zeichnen versteht – und die so allgemein ist wie ihr Abbild simpel, und so leer und unverbindlich, dass sie sich nicht greifen lässt, genauer: *damit* sie sich nur ja nicht greifen ließe, denn das wäre das Ende der Unzufriedenheit, des bitteren Lebenselexiers der bleichen Wissenschaftspriester, die nicht umsatteln wollen von der großen, nichtssagenden Geste zu kleinen, spürbaren Handgriffen. Gott sei ihnen gnädig in seiner grenzenlosen Einfalt! Und solange sie nicht vor mir liegt, diese allergroße Freiheit, benutze ich gerne die vielen kleinen – nicht als Ersatz, eher nur, weil sie möglich sind, jetzt und hier. Hat lange gedauert, bis ich mir das zugestand.

Die eigene Kreatürlichkeit zu handhaben oder wenigstens zu bemerken, ist das, was man am gründlichsten – nicht gelernt hat. Darauf hinzuweisen, ist ein Aspekt der Frauenbewegung, der sie kostbar macht; wenigstens solange sie auch den Männern einen Körper zubilligt und nicht nur ein unglückliches Glied. Sonst wird die Befreiung, die immer mit einem Hinweis auf konkrete Unfreiheit beginnt, zum Wimpel eines bündlerischen Heimatvereins, dessen enge Heimat – das WEIB ist.

Um etwa in der Gründung einer Clitoris-Gruppe eine denkbare Befreiungsleistung zu entdecken, muss man wohl selbst eine Clitoris besitzen, oder besser noch: eine *sein*. Die Frau in ihrer reinsten Form. In einem Frauenkalender las ich davon: da treffen sich die Mitglieder (ohne Glieder) der Clitoris-Gruppe Soundso zu einem Picknick oder einem geselligen Abend und photographieren einander ausgiebig und fachkundig ihre Mösen, denn dort, hört man, sitzt das Ureigene der Frau, ihr bislang ungelüftetes Geheimnis. Die entwickelten Fotos werden alsdann besprochen und kommentiert, man entdeckt allerorts ungeahntes, die Vergleiche mit urwüchsigen Vulkanlandschaften und surrealen Traumbildern aus einer anderen, glücklicheren Welt drängen sich geradezu auf, und man erfährt: eigentlich ist die Frau und speziell ihr anatomisches Innere ein bislang ungesehenes Kunstwerk, eine unerhörte Schöpfung eines genialen Meisters, den es allerdings noch zu entdecken gilt. Folglich bestückt man Ausstellungen mit entsprechendem Bildgut und Schrifttum, und sie werden besucht, tatsächlich, und nicht nur von Frauen, nein, selbst Männer beginnen dieses außerordentliche Geheimnis zu entdecken! Toll!

Auch ich würde hingehen, ich schaue den Frauen sehr gerne zwischen die Beine. Hoffe nur, die BdM-Zentrale, die ich als stille Gönnerin hinter allem vermute, gestattet das Onanieren in den Räumen und sorgt für entsprechendes Mobiliar. Oder wenigstens für einen gutgemachten Katalog, für zuhause. Das ersparte auch das zeitraubende Herumlaufen vor den Ausstellungsstücken.

Ich fürchte, das Voyeuristische passt zu mir: heimlich zuschauen, die Hand in der Hose. Wer schon nicht zum Ort des Geschehens Zutritt hat, möchte wenigstens durchs Schlüsselloch gucken. Obwohl es auch etwas anderes ist: einfach der Stellenwert des Sehens beim Erleben der Welt. Vorrangig die Augen verdeutlichen mir ihre sinnliche Seite, durch sie strömt ein Gutteil Leben in mich, sie sind meine empfänglichsten, ausgeprägtesten Reizempfänger. Das Sehen macht mir Lust, erfasst das Erotische der Dinge, ihre Formen, Farben, Bewegungen. Kant vergaß das erotische Ding an sich: den menschlichen Leib. Seine Erotik ist nicht festgeschrieben, starr, eindeutig, sie liegt gerade in seiner Wandlungsfähigkeit, die ihn, in unaufhörlichem Wechsel, seine Formen, Farben und Bewegungen verändern lässt. Nie bleibt einer, fürs Sehen, derselbe. Das geile Zuschauen ist immer auch ein Entdecken; oder eben darin liegt der Grund der Geilheit. Ich gehe auf die Straße, um Menschen zu sehen, das genügt mir, ja, ist oft mehr als genug.

Zwar weckt nicht jeder meine Aufmerksamkeit, irgendwo findet in aller Stille eine Zensur statt, eine Auswahl, deren Kriterien ich nicht durchschauen kann. Vielleicht ist es erlernter Geschmack, der mich Entscheidungen für und gegen treffen lässt, ich weiß es nicht. Obwohl es keinen Menschentyp gibt, den ich bevorzuge, es geht überhaupt nicht um Typen, ich habe keinen Typ, meine Traumfrau etwa ist nicht dunkelhaarig, schlank, braunäugig ... nur ein Mensch, von dem ich im Traum hoffe, ihm zu begegnen. Mehr weiß ich nicht von ihr, denn es gibt sie nicht: weil ich sie noch nicht fand.
Ohnedies sind es meist Kleinigkeiten, versteckte, kurzlebige Details, die meine Lust zu sehen wecken: die Art und Weise zum Beispiel, wie sich Brüste unter einem dünnen Pullover abzeichnen und leicht vibrieren und schwingen; aber nur ganz bestimmte, seltene Brüste und ganz bestimmte Schwingungen. Oder wie jemandes Beine beim Gehen einzigartige energetische Linien in die Luft zeichnen. Oder der Ausdruck von Schultern, die illustrieren können, welche Lasten einer trägt oder wie zuversichtlich und leicht ein anderer sein Leben nimmt. Viel Aufmerksamkeit erfordern Gesichter, kaum genügend Zeit denkbar, um manches ganz erfassen zu können: diese unzähligen rätselhaften Linien, Schattierungen, Ebenen, Landschaften, die auf kleinstem Raum übervoll dokumentieren, was mit einem geschah. Oder die

unterschiedliche Tiefe von Augen, die nicht nur ein Organ zum Sehen sind, vielmehr auch ein Fenster, durch das man hineinschauen kann, das im andern Fall das Durchblicken verwehrt, wie stumpfes, mattes Glas, dann sich wieder öffnet bis zum Grund oder zu einem Spiegel wird, in dem man sich selbst begegnet.

5

Lange habe ich überlegt, was ich auf Edith's Brief antworten kann, und kam nicht zum Schreiben. Jetzt habe ich ihr nicht eigentlich geantwortet, sondern mitgeteilt, wie seltsam es mir ergeht: dass ich mich ihr zugeneigt fühle und selbst darüber am erstauntesten bin: nach den Schwierigkeiten, die wir miteinander hatten und den zwei Jahren danach, in denen uns nichts verband als ein Brief pro Jahr. Was mag da stattfinden? Wir steigern uns offenkundig: bereits zum zweiten Mal in diesem Jahr schreibe ich ihr. Ob das was zu bedeuten hat?

Gestern folgte ich einer Einladung von Mom und Atta zum Fondue. Ich war hundemüde, darum wenig gesprächig. Das fiel wohl auf, denn Atta fragte unsicher, wie ich denn mittlerweile hier in dem Land zurecht käme. Ich hatte keine Lust zu ausgedehnten Erörterungen und versuchte abzuwiegeln: „Das ist ein heikles Thema." Nach einer Weile meinte Atta: „Wenn heikel heißt, dass du wieder weg willst, werde ich das ja wohl erfahren. Ich handle immer schnell, das weißt du ja, und auch ein Umzug ist kein Problem. Soll ich den Immobilienfritzen bestellen?"
Es war diese Überzeugung in seiner Stimme, zu wissen, dass ich weg will, und in diesem Wissen aber gleich das Urteil mitzuliefern, dass sich meine allumfassende Untauglichkeit – wie vorherzusehen – nur wieder aufs Neue erweise, was mich veranlasste, auszuweichen. Ich würde es nie erklären können, nie so, dass er und Mom es verstünden. Denn es würde bedeuten, so vieles in Frage zu stellen, womit sie

ihr Leben bestreiten, das sich eben darum nicht in Frage stellen lässt. Ich schwieg. Atta versuchte es noch einmal, diesmal mit dem Schiffsjob: „Wie geht die Arbeit?"

„Sie ist ziemlich öde und eintönig", antwortete ich.

„Kein Wunder, so introvertiert wie du bist! Die anderen Bootsleute haben immer ihren Spaß!"

„Na ja, an Dingen, die mir Spaß machen, fehlt es mir nicht", meinte ich, mit einem Kloß im Hals, „nur haben die nichts mit Schiffen zu tun."

Atta aß.

„Eigentlich war doch bei dir in den letzten fünf, sechs Jahren alles eintönig", fuhr er fort, „Oder etwa nicht?"

Mir zog sich der Hals zusammen. Waren etwa auch noch die letzten fünf, sechs Jahre zu erklären? Oder zu rechtfertigen? Und nicht einmal, um mich verständlich zu machen, sondern nur, um dieses lückenlose Bild aufzulösen, das er sich von mir gemalt hatte? Eine Sysiphus-Arbeit.

Mir entrang sich ein dumpfes „Wieso?", das unterging in einem andern Thema. Man hatte ohnehin keine Antwort erwartet.

Irgendwie tut es jedesmal weh, diese unüberbrückbare Kluft zwischen uns zu bemerken, die sich mit zunehmendem Alter eher verfestigt als schrumpft. Dem Interesse aneinander folgt nichts, weil die jeweiligen Eigeninteressen es verhindern. So werden wir nie wirklich zueinander gelangen. Immer wird sich ein ausgewogener Modus finden lassen, der oberflächlichen Kontakt erlaubt, nicht mehr. Weil der näher liegt und bequemer ist als das Chaos, das uns vielleicht zueinander brächte. Ich ahne: irgendwann wird das Telefon klingeln oder ein Telegramm flattert ins Haus, und ich werde wissen: Atta ist tot, Mom ist gestorben. Oder es erwischt mich. Wir werden uns trennen, ohne uns je kennengelernt zu haben. Das tut weh. Denn ich mag sie beide, sooft ich sie auch hasse, für die Wunden, die sie mir beibringen.

Aber das schließt sich nicht aus. In Beziehungen zwischen Menschen gibt es keine bedingungslose Zuneigung, ebensowenig wie bedingungslosen Hass. Von einem gewissen Grad des Verstehens an fällt die Möglichkeit weg, zu verurteilen. Was sicher menschlicher, Menschen angemessener ist – aber es auch unmöglich macht, feste, unverrückbare Positionen einzunehmen. Wodurch es schwerer wird, einen Stand im Leben zu finden, einen, der eine reale eigenständige Basis hat und nicht bloß durch den negativen oder positiven Bezug zu anderen entstand. Und solange der fehlt, zieht man diesen anderen gegenüber den Kürzeren. Sie können sich getrost mehr Unbekümmertheit und Rücksichtslosigkeit und Irrtümer leisten. Das Allzumenschliche: wielange entschuldigt es noch das Ausbleiben der Menschlichkeit?

Übrigens wundere ich mich, wie leicht mir diese Art Schreiben fällt: ich setze mich einfach vor die Maschine und schreibe, wie ich mich an den Tisch setze und esse oder auf das Klo und scheiße. So war es nie, die ganzen zehn Jahre, in denen ich mich darum bemühte. Immer war es eine einzige Mühsal und Qual, wie das Erfüllen einer leidigen Pflicht. Wie und wovon handelt Literatur? Wann und zu welchem Ende schreibe ich? – Am Anfang standen die Fragen, dann erst begann das Schreiben, eben weil den Fragen eine Antwort zu folgen hatte. Die sich so nie geben ließ. Weshalb es bei den Fragen blieb. Das Schreiben sollte mich durchs Leben tragen, mit dem Kugelschreiber zielte ich auf einen Punkt darin und hoffte, so würde auch ich selbst hinfinden. Die Punkte wechselten, aber angekommen sind wir nie. Das Schreiben sollte mich leben lehren, lange begriff ich nicht, dass es nichts anderes kann als dergleichen Versuche zu dokumentieren. Eine unsägliche Mühe, es unentwegt zwingen zu wollen, etwas anderes zu leisten als ihm möglich ist. Das Ergebnis war das jeder brutalen Vergewaltigung: ein Leichnam. Ich verfasste unverdrossen ausführliche Obduktionsberichte und Litaneien über den Tod, die zunehmend in einem Punkt gekonnt und perfekt waren: in ihrer absoluten Identität zwischen Form und Inhalt. Und die bot immer wieder Anlässe für kurze, eitle Euphorien.

Dass es mich selbst Überwindung kostet, das, was ich schrieb, auch zu lesen, beachtete ich lange nicht oder begründete es mit der eigenen Autorenschaft: das kenne ich ja alles schon. Den wenigen anderen Lesern allerdings erging es ebenso – ihnen unterschob ich mangelndes Interesse, nicht bloß an dem Geschriebenen, sondern ausdrücklich an mir, über den ich immerhin zu berichten glaubte. Sie bemerkten vor mir den Irrtum, der in dem Bild steckte, das ich schreibend von mir entwarf: sie vermochten in mir einfach nicht den Leichnam zu entdecken, als der ich mich darstellte. Weil ich aber darauf bestand, einer zu sein und gefälligst als solcher behandelt und ernst genommen zu werden, zogen sie sich zurück, folgerichtig, denn die Toten soll man ruhen lassen. So ernst zwar wollte ich es nun auch wieder nicht – aber es war zu spät.

Als Werner Koch vor kurzem die Darstellung meiner Kindheit gelesen hatte, fragte er, ob ich Philosophie studiert habe: alles sei so überaus trocken und leblos. Er sagte mir nichts Neues, nur – wenn ich auch schon nicht mehr allen Ernstes an mein Totsein glaubte: mich so völlig davon zu trennen, lag mir noch fern. Ich gab mich zufrieden mit der ehernen Pose des tragischen Pathos: eben nicht anders zu können. Und wenigstens die Sturheit, das Beharren auf diesen Weg (und sei es auch der falscheste) verdiene wohl Anerkennung.

Tatsächlich weiß ich, es führte kein Weg drumrum, schon garnicht um die Irrtümer. Denn einem von ihnen verdanke ich meine Anwesenheit hier; und der wiederum, endlich zu schreiben, ohne ein Soll erfüllen zu müssen, das mir die Reise an einen Ort bewerkstelligen sollte, zu dem mich allenfalls meine Füße tragen können. Von der Idee des Schreibens zum Schreiben ohne Idee: auch eine Komödie der Irrungen. Jetzt bleibt nur noch das Lachen zu lernen, wie?

Ich schaue aus dem Fenster: in einer Stunde wird die Sonne untergehn, schon jetzt ist die Luft ringsum rötlich, doch noch so hell wie in

Deutschland kaum je mittags. Meine Haut brennt ein bisschen und klebt vom Schweiß. Auf der Straße, in den Restaurants und Cafés beginnt der Abendbetrieb. Gerade schwebt wippend eine Schwalbe vorbei, lässt sich ein paar Meter fallen, steigt wieder hoch und verschwindet um die Ecke. Hier weht eine leichte Brise, das Meer jedoch, in seinem matten Blau, wiegt sich nur kaum. Ein schwacher, dünner Dunst hängt darüber, der die Silhouette von Athen, das jenseits der Bucht den Berg hinaufwächst, milchig macht.

6

Als Lotte aus Saloniki zurückkam, schluckte sie, als ich sie bat, den Rest ihrer Zeit nicht hier, sondern bei meinen Eltern zu wohnen: sie hätte es erwartet, meinte sie, sich ein Lächeln abringend. Ich konnte es ihr nicht erklären, stotterte nur etwas von ‚allein klar kommen müssen', alles sei so kompliziert, ich wolle mich nicht an sie gewöhnen, wo sie doch in zwei Wochen wieder weg sei, während ich für unabsehbare Zeit dazu verurteilt sei, hier zu sitzen.

Das war es natürlich alles nicht, oder nur zum Teil. Dumm, diese Furcht, dass gerade die Ehrlichkeit verletze, wo doch nur sie weiterhilft, zuguterletzt. Denn verschwiegen habe ich ihr meinen Ekel in der zweiten Nacht: weil ich ihn nicht so erklären kann, dass er sich, wenigstens verbal, wieder aufhöbe. Ob es sie verletzt hätte? Ob sie es verstanden hätte, obwohl ich selbst es nicht verstehe? Mich ekelte vor ihrem Körper, vor ihren Berührungen, vor ihrer Lust – meine entlud sich denn auch schnell, und nicht nur das: noch *in ihr* schlief ich sage und schreibe ein. Allerdings war ich schon vorher hundemüde und kaputt, die Nacht zuvor nur zwei Stunden Schlaf und den ganzen Tag gearbeitet. Ich hatte garkeine Lust zu bumsen, ließ mich auch nur halbherzig darauf ein, ich merkte, Lotte war geil, ich wollte sie nicht abweisen. Sie bemerkte wohl meine Schwierigkeiten, denn sie fragte: „Denkst du an Lena?" „Mensch, Lottekind", sagte ich, „vergiss mal die große Überschwester, glaub dir mal selbst, dass du liebenswert bist!

Lena geht mich nichts mehr an, ich bin nur echt kaputt." Ich wusste nicht, ob meine Worte sie überzeugten, darum unterstrich ich sie mit ein bisschen Zärtlichkeit, auch wenn mir nicht danach zumute war.

Es ärgerte mich, immer wieder darauf zu stoßen, in welchem Maß Lena anderen das Leben schwer machte, nur indem sie es sich selbst so unverschämt leicht machte. Ich dachte wirklich nicht an sie. Als hätte ich nichts wichtigeres zu tun. Fragte mich nur, warum mich Lottes Körper so garnicht anzog. Ich glaube, mich stößt ihre Weichheit ab, dieses Zerfließende, Zarte, das auch in ihrer Stimme mitklingt. Sie bewegt sich so behutsam, zögernd, unschlüssig und vorsichtig, als hätte sie einen riesigen Leib, mit dem sie überall anzustoßen drohte. Was garnicht der Fall ist. Aber indem sie ihn so handhabt, wirkt er auch so – ich bekam kaum Luft, als ich unter ihr lag, und hatte plötzlich die unsinnige Furcht, erdrückt zu werden. Später wurde ich wach und sah, dass sie masturbierte, keuchend und stöhnend rieb sie sich mit dem Betttuch zwischen den Beinen. Mir wurde übel. Ich schloss die Augen wieder und stellte mich schlafend. Gottlob hatte sie mein Erwachen nicht bemerkt. Ich konnte ihre Anwesenheit kaum noch ertragen. Ohne zu wissen, weshalb.

Weshalb? Was ist bloß los mit mir? Fahre ich vielleicht tatsächlich nur auf solche abgefuckten Patti-Smith-Typen ab, mit diesen ausgemergelten Leibern und zerbrochenen Gesichtern? Sind die mir so sehr verwandt, soviel mehr als ich mir eingestehe? Tragen wir womöglich ein Zeichen im Gesicht, das uns zueinander führt, einen Stempel: aussortiert, abgelegt, Ausschuss? Und beißen uns ineinander fest, um uns das letzte bisschen Blut aus den Knochen zu saugen?

Es trifft zu: bei Lena's Anblick war ich oft wie benommen, Stunden hätte ich bei ihr sitzen mögen, um sie anzustarren: ihr kräftiges, kurzgeschnittenes Haar, das sich nicht bändigen ließ, die grade flache Stirn, in das es fiel, darunter die wasserhellen, unruhigen Augen, unter dichten Brauen, die die Augenhöhlen beschatteten, die breite sommersprossige Nase, der schmale Mund, die Linien, die von den

Nasenflügeln aus an seinen Winkeln entlang liefen, das seltsam geformte Kinn, das ihrem Profil etwas Griechisches (!?) verlieh, der lange, schlanke Hals, wie in einer knochenumrahmten Mulde auf dem Rumpf, der mit einer unfasslichen Wölbung von den breiten Schultern in die Kerben der engen Taille fiel, die leichten, weitflächigen Brüste, die, wenn Lena auf dem Rücken lag, fast verschwanden, die gerunzelten, braunen Spitzen darauf, der deutliche Verlauf ihrer Rippen, die den flachen Bauch umrahmten, die knochigen, breiten Hüften, die zwischen den Oberschenkeln diesen erregenden Zwischenraum schufen, durch den auch von hinten der helle Flaum zu sehen war, der ihren rosigen Schoß umrahmte. Ich hätte mich in Lena verkriechen mögen, wenn ich sie nur ausgiebig genug betrachtete; oft bestand akute Gefahr: mich in ihr zu verlieren. Gerade das Knochige und Spröde zog mich an, dieses unorthodoxe, eigensinnige Linienspiel, das ihren Leib gestaltete, die unsentimentale Härte daran, Lotte hatte recht, gerade die Erfahrung mit ihrem ganz gegensätzlichen Körper zeigt es. Ebenso ziehen mich die Gesichter alter Männer an (Beckett, Hesse ...), in deren Falten- und Schattenspiel Mitteilungen darüber festgehalten sind, dass hier jemand von Vielem kostete und in vollem Bewusstsein alt wurde – nicht bloß erschöpft.

Diese Gezeichneten, die mich so mühelos in Bann schlagen, signalisieren eine Bereitschaft, alles zu sehen, zu schmecken, zu fühlen, ohne Vorbehalte, ohne Schnörkel, nichts wird ausgelassen, kein Auge zugedrückt, kein Pardon (mit sich selbst) gegeben. Darum das Herbe an ihnen, die körperlich gewordene Härte, die ausgeprägten, tief geschnittenen Linien, die ihre Leiber und Gesichter illustrierend durchziehen. Schönheit: ein einmaliges unverwechselbares Ereignis, das Menschen auch sein können. Ich beuge mich in Ehrfurcht, wo ich es antreffe.

7

Die Tage haben hier mittlerweile den stabilen Rhythmus gefunden, den ich für sie aussuchte, die Hektik der ersten Zeit ist vorbei. Mein Alltag ist der gleiche wie allerorts die letzten Jahre, nichts ist offenbar so stark wie die Gewöhnung an die einmal erlernten Handhabungen der alltäglichen Dinge; speziell das Alleinleben fördert die fraglose Weiterführung des einmal Eingespielten: alles ist ohnehin sehr still und übersichtlich, funktioniert – wozu es verändern?

Gegen 8 aufstehen, Zigarette, Kaffee, dann aufs Schiff, ohne Frühstück, das ist nämlich eine Kostbarkeit, die ein Gegenüber braucht, um zu glänzen: weil es nicht so sehr um Nahrungsaufnahme geht als um eine Art Andacht, bei der der Tag sein Gesicht erhält – auch ein Kult. Meine Tage jetzt haben kein Gesicht, oder nur ein sehr blasses. Das lohnt den Aufwand an schmutzigem Geschirr und Krümeln nicht. Ich arbeite im Schnitt 4 Stunden täglich auf dem Schiff, es fällt immer etwas an, und sei es nur das Chromputzen oder das (meist vergebliche) Warten auf irgendeinen Handwerker, der eine der laufend anstehenden Reparaturen erledigen soll. Erfreulich, dass ich meine Ruhe dabei habe, ungestört kann ich den Kram erledigen.

Auf dem Nebenschiff arbeitet ein ehemaliger Kapitän, grauhaarig, zerknittert; überaus bedächtig und liebevoll frickelt er herum, sehr leise und aufmerksam. Wir grüßen uns freundlich, wenn wir uns zufällig mal ins Gesicht schauen: was von der jeweiligen Beschäftigung abhängt, es geschieht nicht jeden Tag. Ansonsten weiß jeder den anderen anwesend, was – mir wenigstens – schon genügt.

Die Arbeit selbst fällt mir unterdessen leichter, ich wehre mich nicht mehr so von innen heraus gegen sie: weil es nicht hilft und die Tatsache, dass ich sie tun muss, nicht verschwinden macht.

So schluckt man letztlich alles, wenn man nur lang genug wartet: bis sich ein Ort findet, an dem es sich unauffällig verstauen lässt. Ein bewährter Trick: was als gigantisches, unüberwindlich scheinendes Problem vor mir liegt und eine Zeit lang alles Denken und Fühlen in

Beschlag nimmt, schrumpft und verschwindet plötzlich – nicht weil ich es löse, sondern weil ich es in ein kleines handliches Paket schnüre und flugs in dieses besondere Schließfach packe, das so sicher und zuverlässig dergleichen vor allen aufdringlichen Blicken verbirgt: es landet bei dem Haufen anderer Pakete, die ähnliches beinhalten, und sein Gewicht ist zu tragen, wenn es erst eines unter anderem geworden ist.

Aber vermutlich lassen Fragen, die nicht zu lösen sind, nur diese beiden Möglichkeiten zu: entweder man besteht trotzdem auf einer Antwort, macht Leib und Leben von ihr abhängig, wirft beides ins Gewicht (weil jede Frage eine Antwort verdient) – was niemanden beeindruckt, am wenigsten die Antwort, denn die gibt es noch garnicht, sie sucht ihrerseits erst ihren Leib, ihr Leben, weshalb sie die eines anderen kalt lassen. Also verliert man, wenn man es durchhält, beides; immerhin eine imposante Geste, offensichtlich jedoch wenig angewandt, sonst wäre die Erde nicht so bevölkert (denn an ungelösten Fragen mangelt es wohl kaum).

Oder: man lebt einfach weiter. Was nur geht, wenn man die Frage: zwar nicht aus den Augen verliert (das klappt nie), sie aber wenigstens auf eine Größe verkleinert, die sie nicht länger so sehr ins Auge fallen lässt. Das gelingt, in schon abgebrühtem Alter, recht gut, weil sie nur die Sammlung ähnlich gelagerter Vorfälle um einen weiteren bereichert: schon 1000 Fragen wurden so behandelt (misshandelt?), keine davon weniger wichtig oder wesentlicher als die augenblickliche. Das tröstet: alles lässt sich überstehen. Eine Schwierigkeit als nur eine unter vielen zu sehen, macht jede erträglich, denn so kann man sie nun mühelos einbauen in den Alltag, der zwar nie ein überzeugendes Motiv dafür liefert, aber das Weitermachen immer garantiert; mit ihm schreitet man über die Fragen hinweg, sie haben ihren Platz in ihm gefunden, es lässt sich mit ihnen leben. Wohin es führt? Das ist eine andere Frage. Auch eine Frage. (vgl. Spruch: Aufgeschoben ist nicht aufgehoben) Ich weiß, alles ist gut aufgehoben.

Die Nachmittage und Abende: Zeit genug zum Schreiben und Zeichnen, für die Musik, unterbrochen von Hausarbeiten, Besorgungen, Essen. Reichlich Zeit zum Nachdenken, Vordenken, Durchdenken, Bedenken, Verdenken, Gedenken, für Andenken und vielerlei Denkzettel, Zettel's Traum, das Leben ein Traum, mit 17 hat man noch Träume, Träume sind Schäume, die Schaumgeborene, alte Dame Venus, Venusberg, Venushügel, Schaumschläger, soviel Lärm um Nichts, in Nichts um Nichts und um Nichts herum, nichts los hier, was ist bloß los, ein hartes Los, eben, eben noch, ebenerdig, Ebenezer, Ebenholz, Schneewittchen und die 7 Zwerge, die 7 Geißlein, die 7 freien Künste, 7 auf einen Streich, Streichholz, Holzauge sei wachsam, wächsern, Helga Wex, Wechseljahre, See-Leben, Brehm's Tierleben, kein Platz für Tiere, Serengeti darf nicht sterben ...

So gegen Eins ist aller meiner Tage Abend. Ich lege mich auf die rechte Seite, bette meinen Kopf zwischen die beiden Kissen wie auf den Busen einer Frau, zieh die Beine an den Bauch, schau zum Fenster, lausche auf die Geräusche, die hereindringen, fühle mich leer im Kopf, höre die Schläfen pochen, spüre den Wind meinen Mund streifen, die Nächte sind schon kühl, ich zieh die Decke bis ans Kinn, das Nachtgebet: Wer auch immer, bitte, schenke mir einen Traum.

8

Ins Haus gegenüber, zu Mom und Atta, komme ich fast nur noch zum Arbeitsrapport und zur Entgegennahme neuer Order. Immer haben die Aufenthalte dort etwas Unwirkliches in ihrer geschäftlichen Sachlichkeit; was darüber hinausgeht, schleppt sich hin in verkrampfter Unbeholfenheit, wird darum vermieden, das jeweils Private ist zu sehr belastet von gegenseitigem Misstrauen und Unverständnis und dem Bewusstsein des altbekannten, gefürchteten Konfliktstoffes, der über allem lastet. Seine potentiellen, allgegenwärtigen Energien sind in den Fingerspitzen zu spüren: mit ihnen lässt sich nicht mehr streicheln. Schwieriger als je jedoch scheint es, ihn einfach zu übersehen, nach den jüngsten Szenen während der Korfu-Fahrt. Vieles ist noch nah, offenbar nicht nur mir. Darum die Verlegenheit, der starre Krampf, der den Umgang miteinander so spröde und steif macht.

Ich schelle, man öffnet die Tür, ich trete ein, wir grüßen uns, kurz und knapp wird das Geschäftliche erledigt, in tonlosen Mitteilungen, nicht einmal darüber gelingt ein Gespräch, nur ein Austausch kühler Monologe, schließlich ist jeder die anstehenden Informationen los, ein Räuspern, ein Hüsteln, ein paar unschlüssige Schritte, ich verabschiede mich, verschwinde. Etwas schmerzt daran, vielleicht das Wissen, dass nur Extreme möglich sind: einerseits die Kühle, die jeden unbeschadet lässt, andererseits die vulkanische Hitze, in der man verbrennt. Dazwischen liegt für jeden, was nicht mitteilbar ist, nicht zwischen uns: was er sieht, denkt, fühlt.

Am Montag meinte Atta nebenher: „Wir hatten wirklich ein schönes Wochenende, Mom und ich!" Wen will er davon überzeugen, dachte ich, ich hatte nicht danach gefragt. Es klang so wie: Wir brauchen niemanden, damit du's weißt, auch nicht unsere Kinder, oder gerade die nicht, ihr macht uns doch nur das Leben schwer. Sagt das jemand, der glücklich ist? Muss der sein Glück so schützen? Ist es so gefährdet und schwach, dass es solch starker Worte und Erläuterungen bedarf? Ist es so zweifelhaft, dass es beschwört werden muss, als läge in der Form seiner Präsentation schon ein Zauber, der es rettet und bannt oder gar erst zustande bringt, vor den anderen wenigstens, im Nachhinein? Und was wird daraus, wenn die anderen weg sind? Übersteht die Magie auch die Konfrontation mit der eigenen singulären Wirklichkeit? Kann man sich letztlich selbst davon überzeugen, sich das, was man glauben zu müssen meint, auch abzunehmen?

Viele Fragen. Und meine Antworten bleiben immer Deutungen, Spekulationen, weshalb sie nie zufriedenstellen: zuvieles daran ist ungewiss. Und doch muss ich sie benutzen, habe nichts anderes, um eine Haltung zu finden gegenüber den Eltern. Und schon dieses „gegen" missfällt mir, und ist doch bitter nötig, solange die Wahrheit verborgen bleibt und ein Miteinander ausschließt. Jeder bleibt mit seinen Fragen, seinen Antworten allein und macht sich sein Bild – ob der, dem es zufällt, ihm tatsächlich entspricht, bleibt offen, wird stets offen bleiben.

Die Zweifelhaftigkeit solch spekulativer Bilder hindert nicht daran, sie zu entwerfen, auch mich nicht. Ich merke: ich brauche sie, als Orientierungspunkte auf dem Weg zu einem Gegenüber, das mich interessiert. Soetwas wie Laternen, die helfen, jemanden zu finden, der sich im Dunkeln lässt; und die sich nur erübrigen, wenn er selbst den schmalen Pfad markiert, der zu ihm führt. Manchen allerdings findet man nie, die geläufigen Handbücher über die Verstecke von Menschen sind da nur sehr vage oder beschreiben mancherlei Holzwege, auf denen man sich zuguterletzt noch selbst verliert. Zuviele Berichte über Menschen, zuwenige von ihnen selbst. Aber gerade die könnten helfen, bescheidener zu werden: was die Ziele anlangt; und anspruchsvoller und aufmerksamer dem Weg gegenüber. Das Imposante verschlägt den Atem – so dass die Luft fehlt, dort auch hinzugehn. Vielleicht soll es gerade das verhindern: dass man dort ankommt, wohin einen die großen Weltenplaner so scheinbar menschenfreundlich und großzügig einladen. Vielleicht möchten sie dort eigentlich lieber allein sein, unter sich, mögen gar keinen Besuch, der sich womöglich umschaut und feststellt: na, so großartig ist das nun auch wieder nicht, mal aus der Nähe betrachtet, eigentlich garnichts Umwerfendes, nicht eben anders als anderswo.

Den Leuten, die mit so viel Getöse von den Palästen berichten, in denen sie zuhaus sind und die anhand akribischer Grundrisse den geladenen Gästen schon die Zimmer anweisen, aber eine kleine Skizze über die Verkehrsverbindungen dorthin einfach vergessen, denen geht es vielleicht nur – ums Getöse. Sie ertragen die Stille nicht, die den begleitet, dessen Palast wirklich wird, weil er sich mit seinen Händen die passenden Steine zusammensucht, sich die Brocken auf den Rücken lädt und sie, tatsächlich, an einen Ort nicht weit von hier schleppt, wo er sie aufeinander türmt; ihm fehlt einfach die Spucke, währenddessen noch Lärm zu machen, die Arbeit reicht ihm.

Und vielleicht wird wirklich ein Palast draus, mal sehn, selbst wenn er am Ende nicht sehr viel anders ausschaut als die Häuser ringsum. Aber auf der kleinen Wiese davor spielen die Kinder aus der Nachbarschaft Nachlaufen oder sowas. Und aus der offenen Haustür quillt ein Heidenlärm: da drinnen hocken sie um den großen Tisch, quatschen laut, essen, trinken, brüllen vor Lachen. Ein paar springen auf und tanzen durch den hellen Hausflur in den Garten hinaus. Da sitzt einer vor nem Baum und malt, nen ausgefransten Strohhut auf dem Kopp, die Pfoten und Hose mit Farbe beschmiert. Der strahlt tatsächlich wie der berühmte Honigkuchen, so von innen raus. Ich glaube, der hat den Palast gebaut, oder?

Auch Mom und Atta haben ihren Palast, dem Himmel nah, über allem, mit Blick aufs Meer, den Hafen, das Athener Panorama im Hintergrund, 200 qm perfekten, stilechten, ausgefeilten Luxus, diese ganze kostspielige, aufwendige Ausstattung in Marmor, Eiche und Edelstahl – für's Leben zu zweit. Für die angemessene Repräsentation dieses Lebens, das irgendwo dahinter, vermute ich, zu finden ist. Nur kaum mehr erkennbar. Denn das Repräsentative verbirgt alles; und durchdringt auch zunehmend das Private, das es schützen soll; es ist kühl, poliert, geschlossen, bitte nicht bewegen, bitte nichts berühren – es dankt die Museumsleitung. Aber kann man in Museen leben, wohnen, die doch dem geschickt arrangierten Interieur vorbehalten sind, dem repräsentativen Querschnitt eines Bildes, das sich jemand von etwas macht, das er für ausstellenswert hält? Was zwingt jemanden, sich so sehr hinter einer lückenlosen, undurchdringlichen Architektur zu verbergen, sich so unerreichbar zu machen? Mom und Atta gewiss dieser Job, das große Geschäft, der kosmopolitische Handel, der seit fünfzehn Jahren eines mit Sicherheit bringt: das große Geld.

Aber lohnt es letzthin das, womit sie dafür bezahlen: den wahnsinnigen Verlust von Wärme, das Gerinnen mancher Träume zu – barer

Münze und ihrem Gegenwert an Hab und Gut? Gleichen die Güter die Menschlichkeit aus? Machen sie zufrieden, speziell gegen Ende des Lebens, unter dem Strich? Atta steht manchmal auf dem marmornen Balkon, die Arme aufs Geländer gestützt und schaut in die Weite. Was sieht er da? Was geht ihm durch Kopf und Bauch? Summiert er: das ist mein Haus + hier ist die Aussicht, die es mir gewährt auf die glitzernde Stadt + dort ist der Hafen + da liegt mein Schiff? Genießt er es oder zählt er es zusammen und ist doch nicht zufrieden mit der Summe?

Ich kenne die Antwort nicht, erinnere mich nur, wovon er als junger Mann träumte: Einmal will ich nach Griechenland, möchte ein kleines Boot haben und Sonne, Meer und Leben genießen. Waren die Träume so pompös und anstrengend wie jetzt die Wirklichkeit?

Das Boot wurde zu einem Schiff, 17 m lang, 2 Maschinen, Radar, Autopilot, Telefon, Funk, 8 Kojen, Salon, Küche, 2 Bäder – ein teures, stressiges, aufwendiges Unternehmen, das nur mit einer bezahlten Kraft zu unterhalten ist, ein hochtechnisiertes, lackiertes Ungetüm, benutzbar nur mit komplizierter Gebrauchsanweisung, eine Frage des Knowhow, hinter der Sonne, Wasser und südliche Lebensart unwichtiges Beiwerk werden, mit dem Stellenwert einer bunten Ansichtskarte.

Oder Atta tritt vom Balkon in den Salon, setzt sich an die gewaltige elektronische Orgel, schaltet die Rhythmusmaschine ein, Tango, Walzer oder Fox, wählt am Mischpult die gewünschte Klangfarbe, kombiniert die zig Möglichkeiten zwischen Tuba, Banjo, Trompete und Violine, bis es zuguterletzt immer klingt wie: seine allererste Orgel, die kleine, billige, die klang wie eben eine Orgel: ein wenig weinerlich und rührig, und spielt Melodien aus seiner frühen Zeit, noch immer die gleichen, denn seit fünfzehn Jahren kam keine neue dazu. Ganz früher spielte er sie in einer Combo, zusammen mit anderen, später zwischen seinen Freunden hockend auf der winzigen schrägjaulenden Oktavgitarre, mit dem Fuß den Rhythmus stampfend, dazu rauh und grölend einen heiklen Text vortragend.

Heute sitzt er allein in dem großen, dezenten Raum, an dem teuren, technisch perfekten Instrument, das den Eindruck eines mittleren Orchesters vermittelt: Rundumlautsprecher, aus denen Schlagzeug, Bass, Piano und anderes dringt. Es gibt keine Zuhörer mehr, keine Begleiter, Atta sitzt allein und spielt, den Kopf leicht im Takt wiegend. Es ist diese spürbare Leere im Raum, die mich erschreckt, und dieses völlige Verschließen seiner Person, das ich an Atta wahrnehme. An die Stelle von Menschen sind Dinge getreten, Möbel, technisches Gerät, das Schiff; und den Platz des Austauschs mit ihnen hat das Repräsentative eingenommen, das nur eine Richtung hat: von sich weg, und alles fernhält.

Atta's Variante allerdings lässt einen in Ruhe, verlangt nichts, zu sehr hat er sich die Idee zu eigen gemacht, nichts und niemanden zu brauchen – es geht ohne Menschen, wenn man glauben möchte, dass man selbst alles kann, was zum Leben nötig ist. Auch eine Form der Interesselosigkeit an anderen, der Gleichgültigkeit. Die aber darum niemanden behelligt.

Anders Mom: auch sie behauptet, rundum zufrieden zu sein. Nur: auf welchen Füßen steht eine Zufriedenheit, die durch ein paar Krümel auf dem Teppich oder ein paar verrückte Möbel oder Spritzer auf dem Klo einfach umkippt, die unfasslich ist und sich nicht fassen lässt. Mom's Zufriedenheit hängt davon ab, dass der Motor, der sie erzeugt, reibungslos funktioniert und läuft, er verbrennt ein wohldosiertes Gemisch aus Sauberkeit, Ordnung, Zweckmäßigkeit. Bei anderen Beigaben bockt er, streikt oder fällt auseinander.

Atta kennt die Mischung mittlerweile und liefert sie bereitwillig: so gibt's keine Probleme. Schwierig wirds, wenn dritte, vierte, fünfte auftauchen, die sie nicht kennen oder nicht einsehen, sie zu benutzen, weil sie eine andere vorziehen: Mom gerät aus den Fugen, denn das ist inakzeptabel: die Dinge anders zu handhaben, wenn man mit ihr zu tun hat. Entweder verschwindet man oder lässt sich bedingungslos ein auf ihre Maximen: was nur gelingt, indem man sich aufgibt. Die völlige Unterwerfung wird gefordert oder man gerät in Acht und Bann – was nicht nur die Haushaltsführung betrifft, sondern auch: wie einer sich kleidet, welche Umgangsformen er pflegt, was er denkt und sagt. Auf engem Raum mit Mom (wie auf dem Schiff) fürchte ich, mich zu bewegen. Es gibt nicht ein noch aus vor diesen extremen Alternativen, wenn man nicht mehr umhin kann, wenigstens ein bisschen zu sich selbst zu stehen. Mir kam der schreckliche Gedanke, dass die einzigen, die Mom's Forderungen voll und ganz erfüllen könnten: Leichen wären, Tote, die sich nicht bewegen, keinen Schmutz, keine Unordnung verursachen, nicht stören, sondern nur: anwesend sind. Denn die ist ihr unverzichtbar: die Anwesenheit anderer, das Alleinsein hält sie nicht aus. Nur, lebendige Wesen dürfen es wohl nicht sein, denn die hinterlassen Spuren, die von ihrem Leben zeugen: Krümel, Flecken, Lärm. Eine noch bessere Lösung (die auch in die zunehmende Elektronisierung von Moms und Attas Lebensumstände passte) wären Puppen mit menschlicher Anatomie, aus Nierostastahl, pflegeleicht, wartungsfrei, selbstreinigend, mit einem steten Lächeln im Gesicht und einem andauernden „Ja" auf den Lippen.

Manchmal fällt mir auf, wie sehr sie mich beschäftigen. Ich erschrecke und denke: meine Güte, bist du noch immer nicht aus den Kinderschuhen raus!? Kein Wunder, dass du nicht erwachsen wirst, wenn dein Abschied von den Eltern noch immer nicht abgeschlossen ist; er dauert schon allzu lange. Woran gemessen eigentlich? Wann sollte man seine Eltern denn gefälligst los sein und den Bezug zu ihnen? Geht das überhaupt mit Menschen, an denen einem liegt: von ihnen Abschied zu nehmen, solange sie in nächster Nähe oder auch weitester Ferne noch – leben? Ist das nötig: das eigene Leben zu gewinnen, indem man andere sterben lässt? Gibt es diese zweite, wesentliche Geburt tatsächlich, diese eigentliche, letztgültige Abnabelung, die ins Reich der Erwachsenen führt? Ist sie wirklich ein Soll, das einer erfüllen muss, um jemand zu werden? Oder nur ein Aspekt einer teuflisch selbstverständlich gewordenen Ordnung, die ihre Stabilität bewahrt, indem sie ihre Mitglieder einen ritualisierten Instanzenweg durchlaufen lässt, der sie zu solchen macht, die sich verwenden lassen? Nur ausgeprägte Feindbilder ermöglichen Kumpanei. Da scheiß ich drauf!

9

Nachrichten aus der anderen Welt:

– Carter während des Angelns von einem Kaninchen angegriffen; eine Karikatur aus Wasserlinienperspektive zeigt ihn im kleinen Ruderboot, zu dem aus der dunklen Tiefe ein riesiges Karnickel à la Weißer Hai unterwegs ist.

– Strauß, im beginnenden Wahlkampf, auf der Suche nach einer Identität, die ihn im rötlichen Ruhrpott vor den Eiern bewahrt; wird sich noch nicht so recht los; alles aber nur eine Frage der Zeit, bis er sich einige wichtige sozialdemokratische Parolen zu eigen macht, für diese leidige pluralistische Gesellschaft.

– Autor Piwitt über Autor Brinkmann's Nachgelassenes: Enttäuschung, dass der Tod verhinderte, das Leiden am Leben, das ihn herbeiführte, wenigstens literarisch und sozialmoralisch überzeugend und glänzend zu machen; das kann man wohl doch noch erwarten.

– Auszüge aus dem Gespräch zwischen Kanzleramtsminister Wischnewski und dem Luftpiraten Keppel, der mit einer Spielzeugpistole die Welt (wenigstens die bundesdeutsche) zum Besseren zwingen wollte; Tenor von Wischnewski's Predigt: Das, mein Junge, wollen wir doch alle, und gerade wir Sozialdemokraten sind schon eifrig dabei; schau dir doch mal unseren Katalog an: deine Forderungen bestimmen eigentlich unsere ganze Politik, wir sind schon auf dem Weg dorthin; aber natürlich zieht es sich hin, wir sind alle nur Menschen, mit Grenzen und Schwächen, das wirst du doch wohl für uns in die Waagschale werfen, gerade du, dem es, wie ich mit Hochachtung bemerke, so sehr um die Menschlichkeit geht!

Jaja, räumt Keppel ein; und unter den vielen Worten verliert er allmählich das Gefühl, das ihn zu dieser Aktion bewegte: dass nämlich die Wirklichkeit nicht zwangsläufig so jämmerlich ist, ebensogut könnte man das Gute wollen und erreichen, alles nur eine Sache des Einsatzes; er hatte diesen Einsatz gern leisten wollen, aber jetzt muss er beschämt erfahren, dass andere, ja eigentlich *alle*, längst schon dasselbe wollen und tun! Wie konnte er das nur übersehen! Er tut ihnen Unrecht, diesen menschlichen Sachwaltern, sie leisten wirklich was; er hingegen, kurzsichtig und dumm, hat es sich nur leicht und bequem machen wollen! Tut mir leid, Papa, es war ein Irrtum, du hast recht, wird auch nicht wieder vorkommen ... Du bist mir doch nicht böse, oder?

Aber nein, mein Junge, ist ja schon gut, es ist ja nochmal gutgegangen, jeder macht mal einen Fehler, man kann daraus doch nur lernen ... Du hast doch etwas daraus gelernt, nicht?

Aber ja, Papa, aber ja! Vielen, vielen Dank, dass du mir geholfen hast. Ich bin sehr glücklich darüber. Jetzt ist alles wieder gut, ja?

Ja, Junge. –

Keppel ist 30, erfolgloser Schriftsteller, einer meiner Generation. Auch ein Bundesgenosse? So ein Kind mit einem alten Kopf?

– Oder Nina Hagen: der Wiener KURIER berichtet genüsslich von ihrem Hotelrausschmiss, nach einer „exzessiven" Nacht, die ein versautes Zimmer hinterließ; die Hotelleitung verglich es empört mit ähnlichem bei einem Aufenthalt der Rolling Stones vor etlichen tausend Jahren; damals, scheint mir, war es akzeptabel: als Symptom einer Bewegung, die allerorts mit dem „Establishment" aufräumte (das gab es da noch, auch als gesprächswürdige Vokabel), auf einem Weg, der noch ein Ziel zu haben schien; Hagen wird sich vielleicht daran erinnern, in einem Moment ohne Maskerade; heute wirkt dergleichen auf mich wie völlig vereinsamte, mühselige Selbstbefriedigung in einem bunten Jahrmarktskäfig; die einzigen Zuschauer: ein paar Vögel, die auch hinein wollen. Das gegenwärtige Establishment, damals sehr unsicher in seinen Reaktionen (denn niemand wusste, was womöglich aus allem wird), zieht heute naserümpfend vorbei und bewegt die Behörden zum Verbot der Vorstellung, oder wenigstens zur Umsiedlung in ein entsprechendes Haus: die Clubheime der Homos, der Lesben, der Fixer, der Bi's, der Transvestiten, der Spontis usf., sie alle haben ja mittlerweile ihre Bühne, ihren eingetragenen Verein, wie es sich gehört. (Ich mag Nina Hagen sehr. Die unter der kalten, perfekten Puppenmaske, das ist doch die Nina Hagen, oder?)

Während der Zigarettenpausen auf dem Schiff sitz ich manchmal da und stelle mir vor: ein Mädchen schlendert heran, mit langen, mageren Gliedern, in weiten, schlotternden Klamotten, mit einem Bündel auf dem Rücken. Sie bleibt bei dem Schiff stehen, schaut mich prüfend an und fragt: Du, weißt du, wo ich bleiben kann? Ich schaue zurück und entdecke etwas in ihrem Gesicht, das mich ihr verbindet. Allzeit bereit sage ich: Komm zu mir, ich hab ne Wohnung, da kannst du bleiben.

Später, nachdem wir ihren Kram verstaut und ein bisschen erzählt haben, liegen wir nackt auf den Matratzen. Ich betrachte sie: die duftende, braune Haut, die ihren schmalen, biegsamen Leib festhält. Ich küsse sie auf den Oberschenkel, da riecht es so gut. Sie spreizt ein wenig die Beine, der rosige Mund zwischen ihnen lächelt mich an.

Schön, dass du da bist, sage ich.

Es war schwer, dich zu finden, meint sie, Aber jetzt ist es vorbei, das Suchen.

Ja, sage ich, jetzt ist es gut, ich habe lange darauf gewartet.

Ich bleibe, sagt sie.

Ja, sage ich, Ich weiß.

Nochwas zu Piwitt, dem so arg in der Annahme getäuschten, auch Brinkmann wäre endlich so weit gewesen und diesen allzu verschrobenen Nietzsche los, den man doch wohl bis spätestens 20 erledigt haben müsste. Nach welch göttlichem, sinnträchtigen Fahrplan eigentlich? Und wie entstehen die Stationen, die Haltestellen darin? Und wer beurteilt, was ein gutes, lohnenswertes Viertel ist, was nicht? Wo sollte man aussteigen und sich umschauen? Und wielange verweilen?

Wieviel Mühe ist dieses oder jenes wert? Wen dann darf man ernst nehmen: nicht als Postboten für eine lang erwartete Sendung, sondern als einen, der hier eine Zeitlang anwesend war? Auch Nietzsches Leben entstand ja nicht erst als Beigabe zum „Werk" – ist Interesse daran noch statthaft? und vielleicht gerade am Verschrobenen, worin einer häufig am ehesten noch anzutreffen ist? So kurz und bündig Menschen abhandeln kann nur, wer alles besser weiß. Schön, dass es Piwitt gibt, denn das bessere Wissen wird er ja wohl auch noch rausrücken; trotz aller Enttäuschung über die unselig Verirrten, die nicht bei der Stange geblieben sind.

Es geht mir besser im Augenblick, trage das meiste gelassener und wohlwollender; wenigstens solange ich nicht auf andere stoße. Habe mich wieder gemütlich im Alleinsein eingenistet, alles was eine zeitlang so sehr auf den Nägeln brannte, verliert prompt an Wichtigkeit.
Zwar bin ich Griechenland nicht näher, aber die Fremde bedrängt mich nicht mehr, weil ich mir erlaube, sie nicht erleben zu müssen: so unterscheidet sie sich nicht mehr von der an anderen Orten, an denen ich mich aufhielt. Eine Weile belastete mich die zwanghafte Vorstellung und Überzeugung, die hiesige Exotik unbedingt auch kosten zu müssen, um mich hier aufhalten zu können. Ein Irrtum, denn ich lebe ja garnicht darin, sondern vorwiegend hier, in meiner Wohnung. Und die hat beileibe nichts Exotisches, Fremdes. Ich habe wiedergefunden, was zu mir gehört: das ureigene Private, mein nach und nach entstandenes So-Sein, das mir am nächsten ist und unabhängig davon, wo es sich abspielt, die Art meines Da-Seins prägt.
Hier findet nichts Fremdes statt, also kann mir nichts geschehen, vor Überraschungen bin ich gefeit. Wo ich mich auskenne, fühle ich mich sicher und stabil; was mir dadurch entgeht, lässt sich meist verschmerzen, es reißt keine Lücken, weil es nicht vorgesehen ist. Zudem bin ich beschäftigt genug: das Schiff, Haushalt, schreiben, zeichnen, lesen, Musik. Allerdings ist mir solch harmonische Genügsamkeit nicht neu, mir ist klar: es hält nicht ewig, die Harmonie daran beruht nur

auf einer Pause, die ich mir gönne nach dem Trubel der letzten Zeit. Ich ruhe mich aus von den Menschen; oder eigentlich für sie, die unbekannten, die da kommen werden, ich weiß, es führt kein Weg um sie herum, wills im Grunde auch garnicht. Das Wegrücken von der bevölkerten Umwelt ist ein Hinrücken zu mir selbst. Die Auseinandersetzung geht weiter, natürlich, aber geschieht aus einer anderen Perspektive: ich sitze mir unmittelbar gegenüber. Und diese Teilung, die ein Gespräch erlaubt, ist ja nur eine theoretische. Darum das Trockene daran, das Steife: nach ner Weile Umherschwimmen im übervollen, bewegten Lebensmeer sitze ich mal wieder auf dem Trockenen.

Doch bin ich ja nicht der erste, der Schiffbruch erleidet, und auch nicht der erste, der dabei die Zeit mit Schreiben totschlägt. Zugegeben: andere Berichte dieser Art waren spannender, abenteuerlicher, bewegter – was aber vielleicht nur an der jeweiligen Insel lag, an ihrer üppigen Vegetation und abwechslungsreichen Geographie, die drohenden Kannibalen nicht zu vergessen, die für Abwechslung sorgten. Heute sehen die Inseln anders aus, meine wenigstens: sie ist winzig und leer, alles spielt sich auf engstem Raum ab und treffen tu ich niemanden als mich selbst. Es erinnert mich an die häufigen Witze: das klitzekleine Eiland, eine Palme, sonst nichts, der Schiffbrüchige darauf schreckt plötzlich auf, hat Spuren im Sand entdeckt, folgt ihnen bebend vor Hoffnung – und bemerkt, an den Ausgangspunkt zurückgekehrt: es waren nur die eigenen, Überbleibsel der vorigen Runde. Er ist und bleibt allein (der Betrachter wusste es schon vorher – darin liegt der Witz) und sackt resigniert in sich zusammen. Ich bin heilfroh, wenigstens mir selber zu begegnen, ab und zu, bei den vielen Runden, die ich drehe.

10

Vorgestern kamen Lotte und Sara von Hydra zurück. Während sie erzählten, von den vollgestopften Tagen und Nächten, von ausgeflippten, seltsamen Typen, dem lockeren Leben in Discotheken, Cafés,

Bars, ihren coolen Spielen mit geilen Mädchenjägern, der ganzen kunterbunten, verzerrten Szene dort, die sich zwischen den Polen Bumsen, Kiffen, Musik ausbreitet, fiel mir auf, dass sich etwas in mir mit Riesenschritten von ihnen entfernte.

Bei Leuten um die zwanzig gerate ich schnell in eine merkwürdig distanzierte Spannung: verwirrt schaue ich zu, was sie so treiben, und versuche, etwas darin zu entdecken, indem ich mich wiederfinden könnte, vielleicht nur, um Kontakt herzustellen. Das gelingt mir selten, dagegen verspüre ich häufiger das Bedürfnis, mahnend den Zeigefinger zu heben – und erschrecke vor der angedeuteten altväterlichen Geste, die trotzdem oft zustande kommt, und sei es nur in verbalen Kommentaren. Vieles befremdet mich, macht mir Angst, distanziert mich. Ja, ich beurteile, sehe es aus meiner Warte, von wo sonst auch? Urteilen ist immer ein Vergleichen: ich messe andere an dem, was ich für richtig und falsch halte: um eine Stellung beziehen zu können, von der aus ich überblicke, wo sie noch erreichbar für mich sind.

Es liegt zwar nahe und wird praktiziert: trotzdem ist die einzige Konsequenz des Urteilens nicht notwendig ein Ver-Urteilen – das den anderen so gern nach dem eigenen Ebenbild ummodelte. Die Konsequenz kann auch nur sein: sich zurückzuziehen, sich abzuwenden, nicht pauschal, aber von den Stellen, wo eben nichts miteinander geht. Auf einer totalen Zustimmung oder Ablehnung eines anderen zu bestehen, als geläufige Umgangsformel, gelingt mir nicht; dieses „Bist du nicht für mich, dann bist du gegen mich" geht nur, wenn einem nicht am Betroffenen, sondern nur an bestimmten seiner Vorzüge oder Nachteile liegt, die man so oder so auszuschlachten gedenkt. Was er darüber hinaus noch ist (das meiste), interessiert dabei nicht, ist nur hinderlich und störend, zählt nicht – weil man mit anderem rechnet und die Rechnung gefälligst glatt aufgehen soll. Dass gerade in dem, womit man nicht rechnet, der andere zu finden ist, entgeht vielen, vielleicht weil es ihnen darauf auch nicht ankommt: den anderen zu finden. Weshalb er solche Aufmerksamkeit, die eben seine

Vielfalt entdecken will (die nicht gestattet, ihn auf eine bündige For-
mel zu bringen, mit der er sich abtun lässt), nicht lohnt; sie zahlt sich
nicht gleich aus: für die eigenen, unmittelbaren Interessen. Der reinste Menschenhandel. Dass auch für die Händler zum Schluss nur eisi-
ger Frost herauskomme in dieser leeren, veräußerten Vakuumwelt:
wünsche ich ihnen von ganzem Herzen.

Die Stelle, an der ich mich von Sara und Lotte „abwende", ist ihr lo-
ckerer, flotter Umgang mit der Sprache, dieser kaltschnäuzige, abge-
brüht, lieblose Slang, mit dem sie sich gelegentlich verständigen. In
knappen, glatten Satzfetzen handeln sie da Menschen und Ereignisse
ab: „Mensch, wie der mich angemacht hat, der geile Typ! Als ob ich
auf sowas abfahre – Aber der andere, der war echt stark – Ja, total
gut. Überhaupt, die meisten sind ja wahnsinnig cool. Wie die sich den
Stoff reinziehen! – Aber der alte ausgeflippte Bock aus dem Schmuck-
laden war unheimlich abgefuckt ..." Ich versteh garnicht, worum es
geht, oder doch? Tatsächlich um Menschen?
Das Problematische ist ja nicht einmal die Sprache, so wichtig ist die
verbale Oberfläche nicht; aber sie meint ja etwas, deckt irgendetwas
ab, drückt es aus. Davor erbleiche ich, wenn ich versuche, es mir
klarzumachen: dass nämlich diese knallharte Unverblümtheit, Offen-
heit und Aufgeklärtheit, diese Selbstverständlichkeit, kein Blatt vor
den Mund zu nehmen, ganz unverschleiert nichts anderes zeigt als:
Menschen und ihre Beziehungen zu handlicher Ware deformiert; eti-
kettierte Genussmittel, über deren Markt- und Gebrauchswert die
Insider, mit dem Geschäft vertraut, offen und aufgeklärt, eben ohne
Blatt vor dem Mund, bilanzieren, illusionslos, nüchtern, cool. Was
bringt mir das denn? fragt einer, und wenn das Gegenüber aus der
gleichen Branche kommt, kann man sich leicht und ungeschminkt
verständigen. Da genügen solche prickelnden Werbespots, die grellen
leuchtenden Farben und die eingängige laute Musik. Es geht ja nicht
um Inhalte, um reales Genießen, vielmehr um atemloses Weiterhasten
und flottes Gehetztwerden von einer süßen Pille, die ablenkt, zur an-

deren. Ich verstehe schon, dass man wohl reichlich locker sein muss, um das zu schaffen.

Fast schon ein Weltbild: Genuss um jeden Preis, auf alle erdenkliche Art. Nur soll er tunlichst in den Schoß fallen – das ist das Neue daran. Dass er dies auch tut: dazu sind schließlich die Menschen da, wozu sonst? Das ist das Leben, Alter, crazy life, kapierst du? Nehmen was man kriegen kann, darin liegt die Freiheit, da sein, wo was los ist, wo Menschen sind, die das nötige liefern. Ich erstarre und denke: Scheiße, was ist los mit mir? Bin ich schon so verkalkt, so geschluckt von der Konvention, baue so sehr auf Nummer sicher, dass ich das nicht mehr kapiere, ja, dass es mich grausen macht?

Fast schäme ich mich, wenn ich mir meine biederen Vorstellungen vom Leben vergegenwärtige, in der es auch um Gefühle geht, die tiefsten und die höchsten, um Zuneigung, Zärtlichkeit (nicht als Technik des Lustgewinns), um Glückseligkeit, auch darüber, herausfinden zu können, was Leben eigentlich ist (allerdings eine mühselige Betätigung), oder auch, Menschen zu erleben, so tief wie möglich, selbst die vorwiegend ungenießbaren: einfach als Erfahrung, die weiterhilft, vervollständigt, Schritt für Schritt; was allerdings das Einberechnen von Zukunft voraussetzt: Leben als Prozess zu sehen, nicht als täglichen isolierten Neubeginn. Oder mein Begriff von Menschenwürde, von Achtung und Reinheit, die mir wichtig sind. Ich gebe zu: das alles ist hoffnungslos veraltet und überflüssig, wenn man nur cool genug ist, sich Einkaufszettel anzulegen, mit denen man sich zum Bummel durch den Supermarkt des Lebens aufmacht, um sich die nötigen Menschenexemplare zu besorgen. Nur nichts vergessen! Und immer etwas Abwechslung in den Speisenzettel, bitteschön!

Hinzu kommen noch die Insignien der Truppe: düstere Klamotten, sorgfältig zum Bild gelangweilter Nachlässigkeit arrangiert, mit vermeintlich mondänen Details: Stöckelschuhe, tiefer Ausschnitt, Löcher, Schlitze. Ein herausfordernder, selbstbewusster Gang empfiehlt sich, ebenso eine offenherzige, lässige Art zu sitzen; weiterhin tunlichst ekstatisches Tanzen bis zur Erschöpfung, zu einer ausgewählten, erlesenen Musik, die von der geheimen, gruppeninternen Zensur abgesegnet und freigegeben wurde.

Wie stellt sich ein solch einvernehmlicher Sittenkodex ein? Wie verbreiten sich die Anweisungen, was „man" (das Neutrum zeugt von der Macht, die dahintersteckt) als Mitglied zu tun oder zu lassen hat? Nina Hagen beispielsweise (ja) zählt in diesem speziellen Kreis, der aus dem Nachwuchs des gehobenen Mittelstandes rekrutiert (Abitur, Studium), zum Erlaubten und Empfohlenen – Amanda Lear hingegen (das gleiche Phänomen, nur schon einen Schritt weiter: von der Puppe zum Vamp) ist schlichtweg verpönt, eine Sache für perverse Discoanhänger, womit Leute gemeint sind, die in den gleichen Klamotten (nur nicht so stilsicher) zu glänzen versuchen und sich (unbeholfener) die gleichen orgiastischen Tanzschritte abquälen – aber eben zum eingängigen Hammertakt der 08/15–Discoproduktionen, die, weniger kunstvoll und gediegen zwar, doch den gleichen Zweck verfolgen: Wirkliches vergessen zu machen. Wahrscheinlich ist es das Fehlen einer „weltanschaulichen Basis", das sie in den Augen der Glückssucher mit Abitur so vernichtend abqualifiziert. Die nämlich haben eine – die alles so seriös macht.

Dabei wären so viele Sprachen zu erlernen – wenn einer sie als Instrument versteht, das einer Form der Verständigung dient, die Menschen zutage fördert. Die einfachsten sind noch die fremden Länder: ihre Grammatiken, ihre Wortschätze sind in diversen Gebrauchsanweisungen und Lexika nachzuschlagen, ergänzend zur „Muttersprache" findet ihre Aneignung in aller Breite in Schulen und Kursen statt, gehört zum guten Ton, zum Soll, das einer erfüllen muss, um als zeitgemäße Person zu gelten. Aber was ist, wenn schon diese eine Muttersprache, die jeder selbstverständlich sein eigen nennt, in Wahrheit eine unübersichtliche Familie ist, in der die Verwandtschaftsbande überhaupt nicht so klar und eindeutig sind? Vielleicht gibt es so viele Sprachen wie Menschen, die eine Mutter haben. Vielleicht spricht jeder seine eigene, dem anderen fremde, und man glaubt nur fromm, eine gemeinsame zu haben, als behütende Henne über allen. Vielleicht ist diese Zuteilung Muttersprache-Fremdsprache nichts weiter als eine Übereinkunft, die einen Kontakt zwischen *Wörtern* zustande bringt, nicht mehr. Aber an die scheinbaren Engländer, Franzosen, Griechen, Deutschen: wie kommt man an sie heran, wenn sie garkeine sind? Welche Sprache spricht jeder einzelne? Wie kann ich sie lernen, ohne Grammatik und Wörterbuch, die mich nur von ihnen trennen?

11

Zehn vor Eins. Ich liege im Bett. Draußen noch immer der Autolärm, ich zähle: jede Sekunde ein Wagen. In der Kurve geben sie Gas, dann vibrieren die Fensterscheiben.

Von irgendwo tönt Musik, einer dieser gequälten, halbtönigen Klagegesänge, die mich manchmal nerven, manchmal seltsam anziehen mit ihrer dumpfen Monotonie. Jetzt empfinde ich nichts. Stuhlgeklapper, metallen. Vermutlich rückt der dürre, kleine Garcon von der Taverne unten alles für Morgen zurecht. Um diese Zeit gehen immer die letzten Gäste.

Das Ticken des Weckers neben mir durchtönt alles. Bin schon froh, dass die Klingel kaputt ist, schließlich will nicht halb Piräus gemeinsam mit mir aufstehen. Ich werde auch ohne zeitig wach.

Eine Katze heult jämmerlich, vielleicht die schlanke, schwarze aus dem aufgegebenen Neubau nebenan. Das ganze Jahr hindurch ist sie schwanger, glaube ich.

Jetzt verstummt sie.

Ich schaue mich um: mein kahlster Raum. Die Wand gegenüber: bis zur Decke eingebaute Schränke mit glatten, weiß lackierten Türen. Die Wand links: leer bis auf drei kleine Bilder. An der rechten Wand: links der rahmenlose rechteckige Spiegel, in der rechten Ecke das schmale Regal mit dem Fernseher und den Musikbüchern, die Gitarre lehnt daran. Die Wand hinter mir: zur Hälfte Schiebetür, zum winzigen Balkon über der Straße. Auf dem glänzenden, graumelierten Marmorboden der Flickenläufer. Und von der Mitte der Decke baumelt noch immer das ungenutzte Lampenkabel mit der grauen Lüsterklemme; irgendwo habe ich noch einen Baldachin, zum Abdecken.

Das ist alles.

Beim Liegen, nackt unter der Decke, spüre ich meinen Leib am ausgiebigsten. Bin wieder dünner geworden, wie immer, wenn ich meine Mahlzeiten selbst verantworte, nicht allzuviel trennt meine Fingerspitzen von den Knochen, die sie abtasten, Hüfte, Rippen, Brustbein, Steiß. Mein Schwanz liegt weich und warm am rechten Oberschenkel, reagiert nicht auf mein Streicheln, ihm fehlt ein aufmunterndes Bild, wenigstens im Kopf. Die Beine machen mir Angst, so taub und abgestorben. Die Knoten in den Venen, die tausend vom Rauchen abgemurksten Äderchen vermehren sich gelassen, vor ein paar Wochen habe ich die ersten an der Innenseite der Oberschenkel entdeckt.

Gelegentlich das Ziehen in der rechten Lunge, beim Einatmen. Überlege, was ich wohl mache, wenn irgendwann Krebs daraus wird. Ich will ums Verrecken nicht ins Krankenhaus. Wirklich ums Verrecken nicht? Weiß nicht genau.

Auch die Verdauung klappt nicht, seit drei Tagen Verstopfung, jetzt spür ich es in den Leisten.

Gegenüber weint wieder das Baby. Die Katze steigt ein, als hätte sie drauf gewartet.

Die Uhr tickt.

Die Autos werden weniger: alle zwei Sekunden eins.

Die Uhr tickt.

12

Ein Brief von B. gekommen, nach zehn Jahren wieder eine Nachricht. Ich hatte ihm vor kurzem geschrieben, als ich durch Zufall erfahren hatte, dass er nun in Berlin wohnt. Nach dem Studium und längerer vergeblicher Job-Suche ist er dort beim SFB untergekommen, als Musikredakteur.

Hauptsächlich meiner Lieder wegen wandte ich mich an ihn, vielleicht kann er was vermitteln. Natürlich bin ich nicht mit der Tür ins Haus gefallen, habe vielmehr das Motiv hübsch und geschickt in einen knappen Bericht über meinen Werdegang gepackt und großes Interesse bekundet, auch den seinen zu erfahren, eingedenk der früheren Verbundenheit. Die reinste Heuchelei, aber was soll's.

Zwar waren wir lange zusammen: schon auf der Volksschule, später im Gymnasium, am engsten die Jahre in der Band; aber ausgesprochene Zuneigung zueinander empfanden wir wohl beide nie, im Gegenteil: selbst wenn wir zusammen an einer Sache arbeiteten, bei der Musik etwa, begegneten wir uns unterkühlt, oder – nur von der Temperatur her ein Gegensatz – spinnefeind. Kein Punkt, in dem wir einer Meinung waren, jeder fiel dem anderen mit seiner auf die Nerven. Seinen musikalischen Geschmack zum Beispiel fand ich häufig kitschig und penetrant, wenn ich nicht gar überzeugt war, er habe keinen. Er liebte sehr diese sterilen, dick aufgetragenen Arrangements, den ausgetüfftelten Chor, das große Orchester, mit Bläsern, Streichern und dem ganzen Klimbim und die geschickten, komplizierten Akkorde, die überraschenden Breaks, überhaupt das Ausgefeilte und Glatte der Musiktechnik – was ich bis zum Grund verabscheute, mich stieß das Süße und Perfekte einfach ab. Zähneknirschend fanden wir nach heftigen Szenen für das eigene Musizieren jedesmal einen kurzlebigen Kompromiss, der allemal weder ihn noch mich überzeugte, jeder behielt sein Recht für sich, unantastbar, unbeeindruckt, um bei der nächstbesten Gelegenheit auf ein Neues zu versuchen, es durchzufechten.

Der Zusammenbruch der Band fiel mit meinem vorzeitigen Schulabgang zusammen, '69. Kurz darauf der Umzug nach Belgien, wir verloren uns aus den Augen, wie man es nennt. Ich habe B. nicht vermisst die ganzen Jahre, wohl gelegentlich an ihn gedacht, bei meinen Rückblenden in die Vergangenheit, so wie an manchen anderen: Was mag wohl aus ihm geworden sein?

Jetzt, als ich seinen Brief las, wurde mir eigentümlich warm ums Herz, ich dachte: schön, dass es ihn gibt, schön, dass er mir schreibt, und wunderte mich, wie sehr er mich plötzlich interessiert, und nicht wegen seiner möglichen Verwendbarkeit für meine Lieder, sondern weil mich berührt, was er treibt, meint, fühlt.

Vielleicht empfindet er es ähnlich: dass diese Phase, die wir Fuß bei Fuß so intensiv miteinander erlebten, jene garnicht so holde, aber immerhin vorhandene „Jugend", entscheidend war: weil sie die Farben unserer jeweiligen Gegenwart mischte. Das verbindet uns, trotz allem damaligen sich-auf-die-Füße-treten, das ja auch immer ein Beweis von Nähe ist — man kann sich nur wehtun, wenn man sich nahe ist. B. deutet es an: ‚Ich glaube, dass wir beide für unser damaliges jugendliches Alter viel zu sehr vernünftig und rational dachten (gemessen an unseren Altersgenossen) und daher viele Dummheiten und Albernheiten nicht machten, die nötig gewesen wären. Einzige Ausnahme davon — und Ernsthaftigkeit zugleich — war bei mir die Musik, bei dir kamen noch Schreiben und Malen hinzu …'

In der Tat: der Ernst regierte allzuviele Stunden, die meisten, und kam in vielen Gewändern daher: als Zweifel, als Furcht, als Anklage und Vorwurf, als Frage, als Spott, als Unsicherheit und Minderwertigkeitsgefühl; immer war er dabei, treuer Begleiter, folgte wie ein Schatten, unermüdlich darum bemüht, das Leben zum Problem zu machen — was ihm gründlich gelang. Die Versuche, ihm zu entkommen — B. in die Musik, ich zu meinem Kram — scheiterten kläglich: er war schon vor uns an Ort und Stelle, erwartete uns strahlend. Mit der Zeit gewöhnte ich mich dann an seine Anwesenheit, ja, war schließlich gar froh, ihn bei mir zu wissen: wenigstens einer, auf den man sich verlassen konnte. (stimmt's, Ernst?)

B. schreibt sehr bescheiden und freundlich, so gar nicht pompös, wie ich es eigentlich vermutet hätte, im Kurzschluss unserer früheren musikalischen Differenzen.

Die Informationen über die eigene Person sind sparsam: mit der Musik geht es nicht ganz so wie er es sich wünschte, würde lieber frei arbeiten, komponierend, arrangierend, die ersten Kontakte dazu sind zwar geknüpft, das Echo auch ermutigend, aber alles läuft erst an und reicht noch nicht zum Leben, darum die Brotarbeit in der Redaktion, der sich aber einiges abgewinnen lässt. Er lebt mit seiner Freundin, teure Wohnung, Auto, sie fahren oft nach Köln.

Er bietet mir sein unverblümtes Urteil über meine Lieder an, mehr könne er nicht versprechen. Mehr will ich auch nicht, ich werde sie ihm schicken, ruhigen Gewissens.

Wenn ich mich am Schreibtisch umdrehe, sehe ich durch meine Schiebetür über die schmale Straße hinweg auf den Balkon der gegenüberliegenden Wohnung. Tisch und Stühle stehen da, an einer Wand zwischen zwei Fenstern hängt ein weißer Vogelbauer. Der kleine gelbe Vogel darin ist sehr lebendig, springt unentwegt von einer Ecke des Käfigs in die andere, aufgeregt drollige Laute ausstoßend und die plastikbezogenen Gitterstäbe mit dem orangenen Schnäbelchen malträtierend. Er frisst oft und hastig, wirft die leeren Kornhüllen unruhig und ungehalten um sich und blickt immer wieder misstrauisch auf, mit raschen Blicken prüfend, was um ihn herum geschieht.

Der Balkon wird benutzt: jedesmal wenn ich hinüberschaue, sitzt jemand am Tisch, gießt die Blumen, füttert den Vogel, schläft im Liegestuhl. Ein dauerndes Kommen und Gehen. In einem Zimmer ist eine Frau beim Bügeln. Sie spricht mit jemandem, den ich nicht sehe. Ich höre eine Klingel. Der Mann am Tisch steht auf, die Frau schaltet ihr Bügeleisen aus, der Mann geht hinein, die Frau ist weg, eine andere tritt auf den Balkon, schaut zur Straße hinab, redet mit lauter Stimme jemanden an. Der Mann kommt wieder heraus, setzt sich. Die Frau dreht sich um und mustert den Vogel. Sie ruft etwas in die Küche hinein, die andere steht schon wieder am Bügelbrett, ich hatte es garnicht bemerkt. Mir wird schwindelig, wenn ich eine Zeitlang zuschaue.

Jeden Nachmittag sitzt ein Mädchen auf dem Balkon, eine halbe Stunde vielleicht, und liest. Sie hat schönes Haar und ein hübsches Gesicht. Manchmal schaut sie zu mir herüber, wenn ich am Schreibtisch sitze und tippe, ich spüre es im Rücken. Gelegentlich sehe ich sie später noch in ihrem Zimmer, durch die geöffneten Vorhänge, mit krummem Rücken sitzt sie über Bücher und Hefte gebeugt und schreibt. Wahrscheinlich geht sie noch zur Schule. Manchmal hat sie Besuch, dann zieht sie die Gardinen vor ...

Sonntag. Der Tag des Herrn. Die Knechte langweilen sich zu Tode; aber nicht weil Sonntag ist.

Ich ertrage die Stille nicht, quäle mich von einer Schallplatte zur anderen, keine ist die richtige, Dutzende spiele ich an, merke es und suche weiter. Dire Straits erinnern mich an die frühen Stones, zur Aftermath-Zeit. Aber auch noch an Dylan, Cale und Steve Harley. Vielmehr: sie erinnern mich nicht – sie *sind* es, eine seltsame Mischung daraus, unter einen neuen Hut gebracht, aus dem sich aber unschwer das Altbekannte fischen lässt. Allerdings ist der Hut dann leer, wenn man es tut, kein Krümel übrig. „Ja, aber die Dire Straits, gibts die denn garnicht?" Doch, sicher, als Hut. Immerhin.

Mit einigem Zynismus könnte man die ganze Szene abklappern und die aktuelle U-Musik in ihre Einzelteile zerlegen, um das Neue daran zu finden. Besser, man spart sich die Mühe: was sich bis zum Ende der 60er Jahre ereignet hat, kennt man ja sowieso schon. Neu sind allenfalls die Rezepte, nach denen man heute Musik braut – die Zutaten sind altvertraut. Wundert's wen noch, dass das meiste so dünn und ausgelaugt schmeckt? Die hochgezüchtete, perfektionierte Technik blendet das Schale vielleicht für ne Weile weg. Damit die nachfolgende Leere nicht so peinlich auffällt, schickt man in rasender Eile das nächste Wunderwerk gleich hinterher. Die Leute arbeiten tatsächlich wie die Teufel, am Fließband rollt die Kunst unter ihr Volk, man riecht förmlich den Schweiß, der vergossen wird, damit die Lieferungen bruchlos laufen.

Aber die Produktionen selbst: Alle Achtung, einwandfrei, das muss man sagen! Fehlerlos, kein saurer Tropfen zu entdecken! Da sieht mans wieder: es trifft gar nicht zu, dass Quantität immer auf Kosten der Qualität geht! Wenigstens nicht der technischen. Wie bei den Konservendosen: kaum noch Reklamationen, die neue Legierung hat sich bezahlt gemacht, geruchlos, rostfrei, keimfrei und: umweltfreundlich, die Weiterverwertbarkeit durch die Industrie ist gewährleistet, also: keine Müllprobleme.

Jede Zeit hat offenbar die Musik, die sie verdient, die unterhaltende (die sogenannte ernste ist ja Gottweißwarum der Zeit entrückt und wandelt in der bleichen Ewigkeitssphäre dahinter) und manche Zeit hat dann eben keine, d.h. die einer anderen.

22 Uhr. Komme gerade vom Schiff zurück, habe den Anker ein Stück eingeholt, falls der Wind stärker wird. Gegen Abend frischt es jetzt häufiger auf, je näher der Herbst rückt. Meist kündigt es sich an: mit drückender Schwüle. Auch heute. Ich war schweißüberströmt nach dem bisschen Gehen und habe gleich die nassen Klamotten ausgezogen. Dann die Rolläden runtergelassen und sitz jetzt nackt an der Maschine.

Als ich vorhin durch die Straße zum Hafen hinabging, kam ich mir wahnsinnig verloren vor. Es wimmelte von Menschen, im Cafenion, in den beiden Restaurants, in der Ouzerie, auf den Bürgersteigen, am Kai. Dutzende Paare schlenderten an mir vorbei, teils munter plaudernd, teils still umschlungen, alle paar Schritte standen Leute zusammen und redeten, ein ungemein humaner Lärm, der unter den Straßenlaternen dahinschwomm, die alles in ein warmes, glänzendes Licht tauchten. Dazu der herbe Salzgeruch vom Meer, den der Wind herübertrug. Ein südlicher Abend wie aus dem Bilderbuch.

Aber jeder Abend ist hier so, die meisten entgehen mir nur, weil ich zuhause bleibe. Und selbst wenn ich draußen bin, wie heute, haste ich nur hindurch, eilig, mit großen Schritten und gesenktem Kopf. Ich weiß kein Ziel darin. Als ob ich in Dunkelheit und Schweigen getaucht sei und nichts als sie suche. Die Lichter fliegen wie Fremdkörper vorbei, die Menschen und Stimmen teilen sich vor mir, öffnen eine Gasse, durch die ich wie ein Stein hindurch falle, auf den verlassenen Grund hinab.

Fast wie im Kino: ich schaue mir die Vorstellung an und gehe wieder; mit den Figuren des Films Kontakt aufzunehmen, klappt genausowenig, sie sind unberührbar, man prallt von ihnen ab, und sie verschwinden, wenn die Saalbeleuchtung aufflammt. Ich schließe die Haustür auf, knipse das Flurlicht an – Ende der Vorstellung.

Die richtigen Augenblicke zum Sterben. Denn garnicht so sehr ein übergroßes Leid lässt den Tod als achtbaren Ausweg erscheinen, vielmehr sind es diese winzigen Ewigkeitsmomente, in denen alles unvermittelt wie ein leerer, stummer Abgrund klafft, voll Wiederholung, Gräue, Blutarmut. Da liegt das Sterben plötzlich nahe, wie selbstverständlich auf der Hand: weil das Leben selbst schon soviel von Tod hat, dass es – bleischwer, matt, erschöpft – ihm, dem nächsten Nachbarn, müde in die Arme sinken will.

Habe zuwenig gesprochen die letzte Zeit. Wenn ich meine Stimme höre, klingt es, als käme sie von draußen. Ich kenne das: so beginnt es, wenn ich dabei bin, mir die Menschen abzugewöhnen: ich bin selbst der erste. Nur darin liegt die Gefahr beim Alleinsein: dass es das einzige Kleid wird, das einem zuguterletzt noch passt. Ich muss ein bisschen achtgeben auf mich. Right on, brother!

(Bin aber solchen Zuständen nicht mehr völlig hilflos ausgeliefert – der häufige Umgang mit ihnen hat ein paar simple, aber wirksame Verhaltensweisen abgeworfen:

1. Bloß nicht Leonard Cohen hören, oder Berlioz, oder Wagner: das drückt nur tiefer.

2. Nicht ins Grübeln über den Sinn des Lebens geraten – jetzt kommt mit Sicherheit keiner dabei heraus.

3. Bücher meiden, die auch vergeblich danach suchen (Musil, Broch, Joyce, Kafka, Kleist).
4. Nur keine psychologische Literatur anfassen!
5. Wenn schon lesen, dann: Jules Verne, Mark Twain, Erich Kästner, Ludwig Marcuse, Jerry Cotton, Zeitungen, Historisches, oder aber: Siddhartha, den aber bitte ganz.
6. Wenn möglich, tu was: der Hände Arbeit.
7. Oder nimm ein ausgedehntes Vollbad.
8. Geh vorerst abends nicht mehr raus, dafür tagsüber häufiger.
9. Schlaf viel.
10. Schluck keine Glücksmacher, versuchs mit Wein.
11. Blättre nicht in alten Fotoalben und Briefen.
12. Beobachte dich; was dir auf- und einfällt, notier.
13. Wenn das alles nicht hilft: hilft wahrscheinlich garnichts; dann hör ruhig Cohen, grübel, lies meinetwegen Kleist's Briefe und schau, was draus wird)

Danke, aber es wird nicht nötig sein. Es ist ja nur, dass ich mir so fern bin im Augenblick. Kann mich nicht richtig zusammenhalten. So ein Gefühl der Taubheit, des Absterbens, des Frostes. Gerade der richtige Boden für den lähmenden Eindruck von Nichtigkeit allenthalben, von dem aus sich alles so anders ansieht: grau, drückend, zäh, breiig, sinnentleert, hohl – brutal. Und wenn so die Wahrheit lautet, wäre es tatsächlich ein Schrecken ohnegleichen, den man da ertragen müsste. Und es ist auch die Wahrheit, ja, nur eben nicht die ganze, das weiß ich genau, selbst wenn ich den Rest im Augenblick wirklich nicht sehen kann, ja ihn mir nicht einmal vorzustellen vermag.
Sicher, das Wissen ist wichtig, vielleicht sogar unverzichtbar – aber auch so schrecklich dürftig, ganz für sich allein, ohne Vorstellung davon. Es hat kein Gesicht. Und nur darum tu ich mir so entsetzlich leid im Augenblick, nicht, weil die Welt so miserabel ist. Ich glaube, ich gehe doch mal in die Badewanne –

13

Sara und Lotte fliegen morgen zurück. Gestern abend war ich kurz bei ihnen. Sara sah elend aus: Säcke unter den Augen, schmal, eingefallen, die Haut trotz aller Sonnenbräune schäbig grau. Die Wohnung entsprechend: staubig, die Aschenbecher überquillend, über allem ein toter Mief aus abgestandenem Alkohol und Zigarettenqualm. Aus dem Radio dröhnte eintöniger Rock, die Katze lief verstört umher, auf dem Tisch stapelweise fettige Teller, Tassen, versteinerte Brotreste, verbogene Wurstscheiben, zerknüllte Servietten, stumpfe Gläser, die Kerze runtergebrannt, das Wachs wie Lava um den Fuß zerlaufen.

Sara stand an die Tür gelehnt, in ihrem düsteren Kleid, die Haare verklebt und wirr, ohne Ausdruck im Gesicht, leere Augen, ne Zigarette zwischen den Fingern. Das unvermittelt Kaputte um sie herum nahm mir den Atem.

Mir fiel nichts mehr ein. Nichts was für mich zählte, passte zu diesem Riss zwischen uns, der so direkt, so nah war, dass es mich fassungslos machte. Ich spürte ihn wie einen schmerzhaften Krampf, dachte; wenn man so lebt, was folgt da noch? Eine Vision à la Bunuel: Sara als leibhaftige Greisin, ausgelebt, zerschunden, hohl, direkt vor mir, zum Greifen nah; ich hielt den Anblick nicht aus und rannte in die Küche. Sara schlurfte hinter mir her.

„Was ist denn los mit dir?" fragte sie müde.

„Meine Güte" sagte ich, „Alles hier ist so abgefuckt, so trostlos."

Ich schnappte mir die Zigaretten und den Schlüssel. Ich muss hier raus, dachte ich, Ich kriege keine Luft mehr. Da erschien Lotte, setzte, als sie mich sah, gleich ihr weiches Lächeln auf und flüsterte zart: „Hallo, wie geht's?"

Mir kam die Kotze hoch. „Scheiß drauf, wie's mir geht", fauchte ich sie an, „Aber deine ahnungslose, verlogene Weichheit, die stößt mich ab!" Das Blut schoss mir in den Kopf, ein Heidenlärm in mir, von Ferne hörte ich mich brüllen: „Mensch, wie könnt ihr so leben, so platt und öde, in diesem Dreck und Moder? Mit dieser Scheißlässigkeit und coolen Gleichgültigkeit? In diesen ganzen abgebrühten, mechanischen

Posen? Gibt's garnichts anderes mehr, dem ihr was abgewinnen könnt? Ist überhaupt nichts mehr wichtig und wertvoll als dieses stumpfsinnige Dahinplätschern im Zwielicht? Mensch, ihr seid ja schon fast tot und merkt es nicht ..."

Absurde Stille. Sara schaute mich zweifelnd an. Lotte raffte sich auf, empörte sich sanft: „Also, das finde ich echt nicht gut, wie du so reinplatzt und Zoff machst ..."

Der immer gleiche Tonfall gab mir den Rest. Zitternd trat ich in den Flur, drückte den Knopf für den Aufzug, Sara schob die Tür hinter mir zu. Mein Gott, dachte ich, während ich die 6 Stockwerke hinabfuhr, Was soll daraus werden? Ein Gefühl darunter meldete sich: Siehst du, es wird immer leerer um dich herum, immer mehr Leute fallen weg, mit denen du rechnest.

Was soll nur werden? dachte ich wieder.

Später dann, am Schreibtisch, bei Kaffee und Zigarette, die Fragen: Verrenne ich mich vielleicht? Tu ich ihnen Unrecht? Bin ich womöglich selbst der Greis? Die unterschiedlichsten Gefühle dabei: für Sara eher Mitleid, Sorge, Angst, ihre Schnoddrigkeit ist nicht so dicht gefugt wie Lotte's klebrige Siruphaut, scheint mir. Ich wundere mich, dass ich Lotte fast hasse, es wirkt so unangemessen. Auch dieser Ekel, wie früher manchmal: sie wirkt wie eine gallertige Masse, die sich auf einen wälzt, um ihn sich einzuverleiben. Schon ihre Küsse, selbst die zur Begrüßung: der Mund immer leicht geöffnet, die Lippen immer feucht und bereit, weich und dehnbar stülpt sie sie dem anderen über als wolle sie ihn verschlingen. Immer war es mir unangenehm, von ihr geküsst zu werden, empfand nie etwas wie Wohlgefühl dabei; Lust schon garnicht, ihre Küsse haben für mich nicht eine Spur Erotik, trotz aller Feuchtigkeit und atemraubender Hitze. Konnte darin nie etwas anderes entdecken als einen perfekt gehandhabten Mechanismus, der auch ihr übriges Verhalten bestimmte: sie küsste wie sie den Staub wischte oder ihr Haar kämmte oder ein Buch las oder eine Meinung äußerte: mit überwältigendem, einvernehmenden Engagement, als erobernde, wogende Pose, die den jeweiligen Inhalt ihrer Handlung nichtig machen sollte, nebensächlich. Vielleicht weil sie sich nicht zutraute, den Staub RICHTIG zu wischen, das Buch RICHTIG zu lesen, ihre Meinung RICHTIG zu äußern, ihre Zuneigung RICHTIG zu vermitteln. Ihre Weichheit ist so etwas wie eine pauschale Vorwegentschuldigung, rundum, für alles, was da kommen mag. Warum bloß? Verrückt, so wenig von sich zu halten. Man versäumt sich dabei so sehr.

Ich merke wohl: meine Versuche, zu verstehen, woran ich mich stoße, bauen wenigstens ein bisschen das Extreme meiner Befremdung ab. Vorhin noch die große Wut in mir, oder Verzweiflung, wie man es nehmen will, ein pochendes Vibrieren in allen Fasern. Nichts Neues. Meistens ist nur das Ausmaß unberechtigt, am Anlass gemessen jedenfalls. Der so offensichtlich auf der Hand liegt – und sich ja nicht irgendwelcher objektiven Umstände wegen darin befindet, sondern nur, weil man sich ihn schlicht ergriff. Der eigentliche findet sich oft woanders. Wo?
Vielleicht fürchte ich mich davor, dass – wenn Sara und Lotte fort sind – mein Aufenthalt hier zum ersten Mal ganz wirklich und unverstellt wird, ohne jeden vertrauten Bezug, den mir beide jetzt noch liefern; und vielleicht versuche ich darum, ihn schon jetzt kaputt zu kriegen, damit der Abschied leichter fällt?
Tja, Gott geht oft merkwürdige Wege. Ich auch, bin ich darum schon Gott? Nichts lässt sich herausfinden, wenn keiner mitsucht. Wie wär's, wenn ich mal jemanden fände? Und umgekehrt. Gottes Lohn ist ihm gewiss, meine Hand drauf! Maritta, please find me, I'm almost 30. Ein nettes Kopfgeld, reizt das niemanden? Nur Judas geht leer aus, wie jeder weiß. Warum eigentlich? Wo er doch die Drecksarbeit macht, ohne die kein Heiland so sauber strahlen würde! Armer Judas. Gründe doch 'nen Club Gleichgesinnter! Es würde der größte Verein weit und breit! Was sagst du: Du hängst an deinem Baume, du hängst an deinem Strick, und nicht mehr an dem Traume der freien Republik? Rück 'nen Stück – ich komme!

Während der Fahrt zum Flughafen sprachen wir kaum. Es war noch dunkel, der Tag ließ sich erst ahnen, an dem schwachen, bleichen Schimmer auf dem scharfen Kamm des kahlen Bergrückens hinter Athen. Sara und Lotte standen grau und winzig schon am Wagen, als ich herunterkam, inmitten ihres Gepäcks, die berstend vollen Rucksäcke, die Gitarre. Taschen und Jacken hatten sie über die Schultern gehängt.

Die Luft war kühl und frisch, irgendwie spürte ich eine glasklare Traurigkeit in der Herzgegend, wir begrüßten uns ohne viel Worte, verstauten den ganzen Kram, stiegen ein und fuhren los. Die Straßen glänzten blank und leer, ich nahm den Weg um den Hafen herum, die tausend Boote lagen sauber und schlummernd in dem glatten, dunklen Wasser.

Ich schaltete das Radio wieder aus, die Musik gefiel mir nicht, war so bemüht aufmunternd wie immer um diese Zeit. Lange sagte niemand etwas, die beiden guckten still nach draußen, ich hing meinen Gedanken nach. Es war ein Irrtum, dachte ich, meine ganze scharfe Ablehnung; das pathetisch-imposante daran wirkte jetzt im Nachhinein so lächerlich, so unnütz.

„Ist schon ok", sagte Sara. Sie beugte sich vor und gab mir einen Kuss auf die Wange. Aufatmend ließ sie sich in ihren Sitz zurückfallen.

„Schreib uns aber mal", mahnte sie, „Zeit genug hast du ja."

„Und pass auf dich auf" fügte Lotte hinzu, „und mach ab und zu mal was, geh mal raus aus deiner Bude!"

Ich guckte zweifelnd.

„Okay, du musst nichts beschwören" grinste Sara, „Du hörst ja genausowenig auf uns wie wir auf dich!"

„Stimmt" sagte ich, „wir sind alle ziemlich stur."

„Ist ja auch egal", meinte Lotte, „lass nur gelegentlich von dir hören, ja?"

„Ja, ja" sagte ich, „ich schreibe gern mal einen Brief, ehrlich."

Ich schaltete das Radio wieder an. Die Luft im Wagen schien mir jetzt fast so klar wie die draußen. Über Athen schwamm ein milchiges Rot, die Häuser und Straßen schimmerten warm. Die ersten Leute auf den Bürgersteigen, an den Bushaltestellen. Das erste Hupen krächzte auf. Der Morgen trat verschlafen aus den Häusern auf die Straßen, aus jedem Winkel rann der Tag ins Freie. An den Ampeln das erste ungeduldige Warten, die Luft ringsum füllte sich mit Benzin und Staub und dem Scheppern der Stühle und Tische vor den Cafés, die zurechtgerückt wurden für Menschen, die sich einfinden würden, wie gestern, wie morgen.

Auf dem Flughafen war kein Parkplatz mehr zu finden, die beiden sprangen raus, schnappten ihre Sachen, Kuss, Umarmung, Tschüss, Winken – als sie im Gewimmel hinter den Glastüren verschwanden, fuhr ich weiter.

Jetzt geht's erst richtig los, dachte ich kurz, aber ich musste sehr auf den Verkehr achten, das lenkte mich ab.

Im Radio sang Maria Laforet „Viens, Viens", ihre kehlige Stimme ließ mich erschauern, irgendwann habe ich sie mal in einem Film gesehen, ich erinnerte mich jetzt an ihren geschwungenen zähen Körper, an ihr herbes, kantiges Gesicht mit den großen, schummrigen Augen; hatte das Gefühl, sie zu schmecken, und sie schmeckte wie Salz, das der Wind vom Meer herüberträgt. Die Welt brannte mir auf der Haut, ja, so fühlte es sich an, müde und hellwach zugleich war ich ihr sehr nahe für einen Augenblick, sie war sehr groß, so aus der Nähe, groß und schwerfällig. Gleichmütig und zäh drehte sie ihre immer gleichen Runden und auf ihr und mit ihr, in den wechselnden Landschaften, ihre zahllosen Bewohner, auch sie wie selbstverständlich Kreise ziehend in ihrem Tun, ihrem Wollen, ihren Träumen, tagaus, tagein, von einer unsichtbaren gewaltigen Kraft getrieben, die alles immer wieder gleich, immer wieder neu möglich machte.

Irgendein abenteuerliches Gefühl in mir, kein solch sorgloses, unbeschwertes, das in manchen Romanen die Eroberung der Welt verspricht, eher so ein kleines, kleinlautes, zaghaftes, das das unfreiwillige Abenteuer meint, so ohnmächtig ungewappnet einfach da-zu-sein. Ich seufzte bei dem Gedanken.

„Jetzt bist du aber ganz schön rührselig", meldete sich spöttisch jemand in mir, „und so überaus innerlich!"

Ach, lass mich in Ruhe! wehrte ich schlapp ab, Was soll's denn?

In Piräus fand ich natürlich keinen Parkplatz, wie immer, nach zig vergeblichen Runden quetschte ich den monströsen Wagen schließlich schweißgebadet in eine winzige Lücke in einer engen Nebengasse. Ich lief schnell nach oben, unter die Dusche, aß einen Joghourt und ging zum Schiff; gegen halb neun wollte der Typ für den Autopiloten kommen, die Relais müssen ausgewechselt werden, das Reinigen der Kontakte reicht nicht mehr, allenfalls für ein paar Stunden jedesmal.

14

Staunend bemerke ich, wie sich das Bild des Flugzeugentführers Keppel in den deutschen Pressestimmen wandelt: das ursprüngliche Robin-Hood-Image verliert sich allmählich im Bild des kühl rechnenden Geschäftsmanns und cleveren Werbeexperten, der den ersten Schritt in eine neue Ära des skrupellosen Buch-Handelns tat: Lancierung der Ware mit allen Mitteln, eben auch endlich das zeitgenössische der Luftpiraterie. Schon eigenartig, dieser rasche Meinungsumschwung.

Anfangs, ganz zu Beginn der Aktion, allenthalben gelangweiltes Kopfschütteln: Ach, schon wieder die Terroristen, na ja, das ist man ja nun gewohnt und ein jeder mittlerweile prinzipiell befremdet und gleichgültig, alles ein Film, den man schon dutzende Male gesehen hat, nichts Neues halt, die Anteilnahme darum eher lustlos und abverlangt. Nach Bekanntwerden der (scheinbar) so sensationell neuen Motive jedoch (forderten die Palästinenser je etwas anderes? bloß nicht für die BRD) und dem unblutigen Ausgang folgte der ersten verblüfften Sprachlosigkeit jählings überaus mitfühlendes Interesse, ja, gleich bekam Keppel gar eine Art christlichen Märtyrerhuts verpasst, an dem jeder eifrig putzte: denn ihre Märtyrer (die zupass kommenden wenigstens) pflegen die Deutschen ja mit besonderer Sorgfalt und Liebe – solange sie sich fürs Allgemeinwohl opfern.

Keppel wurde getätschelt wie ein Kind, das – wenn auch mit übertriebenen Mitteln – doch das Richtige und Gute durchzusetzen versucht hatte. Keppels Forderungen waren jedermann einleuchtend, alle konnten sich ruhigen Gewissens mit ihnen identifizieren, denn es war nichts Extremes, Verschrobenes daran, wie man es von anderen politischen Tätern bis zum Überdruss kannte, nein: Keppels Bedingungen waren sauber, menschlich, neutral, gingen alle an, vom winzigen Krabbelstubenkind bis zum kleinen Rentner, stellvertretend sprach er für zahllose Gleichgesinnte und Betroffene. Diese Delegierung ließ denn schließlich auch das Mittel, das er gewählt hatte, um die Glücks-Wünsche aller zur artikulieren (die Entführung), garnicht mehr so verwerflich erscheinen, ja eigentlich sogar angebracht und richtig. Wie sonst auch sollte der kleine Mann noch seine Interessen an die Öffentlichkeit bringen?, bestätigte nun jeder, ohne derart Spektakuläres kommt man ja heute als normaler Bürger garnicht zu Wort (Gründe, die z.B. Ulrike Meinhof als Motiv der Kriminalisierung der RAF nannte – woran sich der kleine Mann aber nicht erinnern mag). Zumal ja nichts Ernstes passiert ist, niemand wurde verletzt oder geschädigt, nicht mal die Mitreisenden (durch die Verspätung des Flugs), die sind ja für das kleine Abenteuer noch dankbar, haben jetzt was zu erzählen. Und für die Lufthansa war's 'n Klacks, der nicht zählt – wie sie wohl selbst empfand, solange dieses erste Keppelbild hielt: sie dachte nicht an Einklagen des Verlustes.

Und den Kanzler zu sprechen verlangen – das ist im Zeitalter des demokratischen Absolutismus schon eine verwegene Dreistigkeit besonderer Güte, die die Herzen aller sympathisierend höher schlagen lässt: Richtig, Keppel, gut gemacht! Die Behörden, die der Staat fürs gemeine Volk einrichtet, kanzeln einen ja sowieso nur ab, da erreicht man nichts, jeder weiß doch, wie Beamte arbeiten. Und in den Parteien ist es dasselbe: die reden und reden und reden, aber keiner tut was, und nur vor den Wahlen werden die Bürger plötzlich wichtig und nötig und danach gleich wieder vergessen. Ne, Keppel, das stimmt schon: um was zu erreichen, muss man sich direkt an die Schaltstelle der Macht wenden, mal von Mann zu Mann mit dem Kaiser selbst sprechen, denn der weiß ja oft garnicht, was wirklich los ist im Land. Und wundert sich dann meistens, wenn er's erfährt, ist froh und glücklich, endlich aufgeklärt zu werden, und feuert schließlich diese ganzen Minister und Beamten, die ihn solange hinters Licht geführt haben; und so wird alles wieder gut, denn der Kaiser ist im Grunde gerecht und will ja auch das Gute, nur dieser Tross verlogener, bestechlicher Karrieristen hindert ihn daran, es auch zu tun.

Man kennt das ja von den Fürsten, diese ganzen Geschichten aus alter Zeit: Napoleon, Peter der Große, Friedrich desgleichen – wenn sich mal ein redlicher Mensch aus dem Volk tapfer zu ihnen durchgearbeitet hatte, um ihnen die Augen zu öffnen, zeigten sie sich stets dankbar und hocherfreut. Ne, Keppel, wirklich, das war goldrichtig, du bist einer von uns. So ist eben das Volk: mutig, selbstlos und gut, so sind wir halt – und wenn's nach uns ginge: in den Knast brauchst du auch nicht. Aber da kann man halt nichts machen, das ist die Ungerechtigkeit der Welt. Aber Kopf hoch, Junge, das geht schon vorbei, wir beten für dich und sind dir in dankbarer, stolzer Bewunderung verbunden!

Anmerkungen:
Offenbar gibt es bei den Westdeutschen ein allgemeines heftiges Bedürfnis nach Erlösung von den Übeln, die ihnen ihr Staat und seine Organe bereiten; viele scheinen unglücklich und unzufrieden und schauen recht defätistisch auf die politischen Organisationen, die ihnen seit jeher das Glück versprechen und es nie wahrmachten bisher. Die Form dieser Erlösung denkt man sich messianisch: irgendeiner unter ihnen wird es sein, der da kommen soll; Keppel war vielleicht der vorlaufende Prophet, wer weiß – jedenfalls reichte schon, dass er das verbreitete Erlösungsbedürfnis aussprach, um die ansonsten herrschende Moral zu einem Gutteil außer Kraft zu setzen: wenn

einer nur dem Volke aus dem Herzen spricht, rechtfertigt das allein bereits die Verwendung von Mitteln, die bei anderen Für-Sprechern strikt verurteilt werden. (gab es das nicht schon einmal?)

Weiterhin: Prophet oder Heiliger ist, wer selbstlos das Glück der anderen im Sinn hat, ein Märtyrer, der für diesen Sinn dann auch den Kopf hinhält – letzteres wird gemeinhin vorgezogen, weil überzeugender. Unverständlich ist nur, weshalb die vielen Unglücklichen und Unzufriedenen nicht selbst ihre anscheinend so dringende Erlösung in die eigenen Hände nehmen, die doch das Gleiche und gemeinsam noch viel mehr bewirken könnten als die des verlorenen Einzelnen, der doch angeblich vom gleichen Schlag sein soll ...

Aber plötzlich fiel alles um, Gerüchte wurden laut über Keppels eigentliches Motiv: sein Buch an den Mann zu bringen. Ja, vermutlich war das Ganze sogar mit dem Verlag ausgetüftelt, hieß es, der mal wieder einen Bestseller landen wollte. Eine Woge der Entrüstung und des Zorns flutete durchs heilige Land und riss Keppel den Glorienschein brutal wieder runter, ein jeder zutiefst empört und gekränkt, die gesamte öffentliche Meinung brüskiert und gedemütigt: man war einem Gauner aufgesessen, einem miesen Geschäftemacher, dem man gutgläubig vertraut und Beifall geklatscht hatte.

Nur einmal mehr erwies sich also die altvertraute Schlechtigkeit der Welt: nichts zählt eben als das Geld und niedere Selbstsucht, Pfui!, jeder ist sich selbst der Nächste. Zu früh gefreut, kein Heiliger mehr, auf den man bauen könnte, der ein Beispiel gäbe, nichts, die Welt wird weiterlaufen wie bisher. Und fast hatte man es ja geahnt, irgendeinen Haken musste die Sache doch haben; aber in seiner unschuldigen, unverdorbenen Vertrauensseligkeit und Reinheit war das Volk eben mal wieder hereingelegt worden von einem skrupellosen Schuft.

Und nur ja keine mildernden Umstände mehr, im Gegenteil: möge er auf immer und ewig in der tiefsten Hölle schmachten. Und die Lufthansa beschreitet nun natürlich den Rechtsweg, um an *ihr* Geld zu kommen. Höhnisch jubelt allerorts die Schadenfreude: Kein Pfennig wird ihm übrigbleiben von seinem Buch, die gerechte Strafe – nicht nur für die Entführung, aber für die Irreführung der treuen Bürger: mit der deutschen Volksseele darf niemand Geschäfte machen. Und am besten noch bleibt ihm nicht einmal das Buch! Der heilige Zorn trifft also auch den Verlag – in die moralische Enge getrieben, zieht er das Buch zurück. Basta! Fall Keppel: erledigt.

Anmerkungen:

Keppel verliert den Heiligenschein zum einen: weil er nicht nur das Wohl der Allgemeinheit, sondern auch sein eigenes noch im Auge hatte – das tut ein Heiliger nicht, und wenn er es tut, dann kann er nicht heilig sein: da wäre er ja wie jeder, wie alle – wie sollte er die anderen dann noch retten können, sie können's ja auch nicht?! Als ob es einander ausschlösse: das allgemeine Glück und das private! Etwa nur, weil die meisten es tatsächlich für sich ausschließen? Verliert Keppels Forderung nach menschlicherem Leben für alle etwas, weil er auch sein eigenes bedenkt? Geht es dem unzufriedenen Volk vielleicht garnicht um Erlösung, sondern nur um ein Menschenopfer?

Das zweite, was Keppel schuldig werden ließ (noch schuldiger): dass er sein eigenes Glück bloß darin suchte, ein Geschäft zu machen – wie er sich damit beschmutzte! Nichts Erhebendes und Hehres daran, nichts als ... GELD! Offenkundig steht das Geschäftemachen, das Sorgen für das finanzielle Wohlbefinden beim westdeutschen Bürger schlechthin für das radikal Böse in Mensch und Welt. Wundert mich, dass er gerade darin den Verhinderer des allgemeinen Glücks sieht, die Kaufleute schneiden verflixt schlecht ab im Volksmund – obwohl doch das Zentrum des Volkslebens gerade und ausdrücklich das Geschäft ist: jeder handelt und schachert so gut er nur kann, um wenigstens unter dem Strich besser dazustehn.

Aber wahrscheinlich ist es gerade das: jeder findet sich nur allzugut in Keppel wieder, man billigt an ihm, was man sich selbst zubilligt, und verurteilt, was man an sich selbst nicht mag. Keppels Pech war nur,

dass man in ihm darüberhinaus auch endlich mal einen anderen finden wollte als das altbekannte, unbefriedigende Ego. Und vielleicht ist
er ja auch ein wenig dieser andere, und vielleicht ist der bloß während
der tosenden Aktionen des Publikums von der Bühne gefallen?

Aber womöglich war das alles – Absicht. Vielleicht wollte man doch
eigentlich niemand anderen in ihm finden als sich selbst: um weiterhin
so bleiben zu können. (dabei unterschlägt man nur eine kleine Differenz: Keppel *handelte*; oder wird sie nichtig durch seine Bestrafung?)
Zur Köpenickiade jedenfalls reicht es nicht: es ist keine Rolle für Heinz
Rühmann dabei.

15

Unterdessen habe ich mich hier für länger eingerichtet, innen wenigstens, und das ist das Wesentliche. Die gelegentlichen Kämpfe an der
Oberfläche, hauptsächlich die mit der Einsamkeit, sind nichts als –
Kämpfe an der Oberfläche, reichen nicht herein in die Zähigkeit, mit
der ich innen mein Da-Sein hier und jetzt längst bis auf weiteres geklärt habe.

Diese stabile Ordnung da drinnen, egal wie sie auch zustandekam,
macht diese Unordnung außen, die sich ab und zu so lautstark gebärdet, zu einem belanglosen Spiel – das ich manchmal betreibe als hingen tatsächlich Leib und Leben daran, obwohl gerade sie mit Sicherheit nicht davon berührt werden, sie haben nichts zu befürchten, denn
ihnen ist ganz klar: es gibt zur Zeit keinen besseren Ort als den hiesigen, doch nicht weil er so überaus prachtvoll wäre, vielmehr nur, weil
jeder andere genauso gut ist. Weil es nicht um Orte geht; nur darum,
wie ich mich befinde; womit das *wo* aber auch garnichts zu tun hat,
selbst wenn ich es mir bisweilen wünschte, und auch mitunter glaube,
wie zu Anfang, als ich mich gegen das Hiersein so rundum wehrte.

Schön wäre es, wenn es an den Orten läge, vieles würde einfacher:
man braucht nur den richtigen zu suchen; wodurch man genug zu tun
hätte, das einen ablenkte von sich. Viele machen ihr Leben lang nichts

anderes, und merken erst dann, wenn es für ein Umschwenken zu spät ist, dass es den richtigen Ort nicht gibt, er sich folglich auch kaum finden lässt.

Davor fürchte ich mich: mich in einer leichtsinnigen, schwachen Stunde einmal derart selbst reinzulegen; so dass es irgendwann zu spät sein würde für das, was wirklich ansteht und um das keiner herumkommt, der es ernst mit sich meint: sich nicht um den Zustand der Welt ringsum zu kümmern, sondern um den innen; denn nur hier kann man etwas erreichen, bewirken, nicht in einem Himmel, der garnicht existiert. Die Welt ist so voller Ritter mit traurigen Gestalten, die nicht merken (wollen), dass es ihre Dulcineas nicht gibt und sie auch keine Macht besitzen über irgendwen.

Behauptung: Je leerer einer wird, je mehr an In-Halt er einbüßt und verliert, umso größeren äußeren Halt benötigt er, Krücken, Stützen, an die er sich klammern kann. Beobachtung: Das Leben an der Oberfläche der Ereignisse, Dinge, Beziehungen jedoch ist immer bloß Erleiden: Ausgeliefertsein dem, was im Zentrum geschieht.

Oft allerdings beneide ich die, die so selbstverständlich die Rollstühle benutzen, die die Welt zur Verfügung stellt, um über die Rummelplätze des Lebens zu rasen – und die erst spät (oder vielleicht nie?) zu den düsteren Bühnen geraten, auf denen das ernste Theater gegeben wird, all diese aufwendigen Tragödien und verzweifelten Komödien. Ich beneide sie oft und würde auf der Stelle einer der ihren werden, wenn ich es nur könnte. Es gelingt mir nicht, nicht ernsthaft, bloß als krampfhaftes, flüchtiges Spiel, bei dem mir stets gewärtig ist: dass ich spiele; wodurch das Spielerische gleich wegfällt, der Inhalt. Ein mühseliges Unterfangen, und nie wird es so wirklich, dass es mich bis zur letzten Faser ausfüllt; jedesmal vertrocknet es in Kürze, geht ein in dieser Dürftigkeit.

Trotzdem versuche ich es immer wieder neu, übertölple mich ne Weile, fang mich ein in bunten Plänen, Absichten, Überlegungen, stürze mich mit aller Energie und allem Ernst darauf, als handele es sich tatsächlich um das allein Ausschlaggebende. Schwitzend und heiser sitze ich Stunden vor dem Kassettenrecorder und nehme, überaus penibel, meine Lieder auf, tippe sorgfältig die Texte auf ausgesuchtes Papier, hefte sie zusammen, das Ganze mit Titelblatt versehen: Gregor Schott: Lieder aus dem Niemandsland (1978), Böse und liebe Lieder (1979), Vogel frei (1979), stopfe alles in einen wattierten Umschlag und schicke es B. zur Beurteilung. Im Kopf entstehen dabei die Wunder, die diesem Schritt folgen werden: Schallplatten, Bühnenauftritte, Geld, die Gunst diverser Frauen, kurz: die prompte Auflösung der Einsamkeit – ein Beispiel. Fast falle ich darauf hinein, träume so munter von mir weg, im Café, im Sonnenschein, allein am Tisch, wenn ich merke, dass meine Blicke die anderen von den Nebentischen noch nicht zu mir herüberholen.

Fast. Denn immer ist da auch dieser gutmütige, unbestechliche Begleiter in mir, der mich ein wenig spöttisch, ein wenig traurig ansieht, als wolle er sagen: Du weißt natürlich, dass das alles nicht so ist. Natürlich weiß ich es, brumme ich ihn an, Ist ja nur ein Spiel! Du vergeudest deine Kraft daran, meint er bedächtig, Du wirst es nie lernen. Es ist so als wolle ein Einbeiniger lernen, Dinge zu tun, für die man beide Beine braucht; er kann üben soviel er will, das Bein wächst nicht nach. Lern besser das, was dir möglich ist ...

Okay, sage ich, okay! Zuerst also das Seiltanzen, etwas Körperliches! Und dann in die Politik, die europäische bitteschön, ich liebe das Reisen! Oder ich trainier auf Schlangenmensch, damit ich mir demnächst selbst einen blasen kann, dann brauch ich überhaupt niemanden mehr. Habs schon probiert, nur eine Sache des Trainings, mir fehlen noch 3 cm!

Sonst hast du kein Problem? fragt er genüsslich.

Leck mich am Arsch! fahr ich ihn an.

Er rümpft die Nase.

Ich bin allein, das ist die Basis. Ich suche nicht nach Menschen, wieder eine Zeit ohne sie, so wars schon oft. Die Menschen sind nur die

Ausnahme, irgendwann stellt sich einer ein, und wir gehen ein Stück zusammen, das ist alles. Abgesehen davon, dass es immer schwieriger wird, einen gemeinsamen Weg zu finden. Ich weiß, beim nächsten Mal werde ich vorsichtiger sein, zu rasch neige ich dazu, auf eigene Vorschläge zu verzichten oder die eigenen Reisevorstellungen nicht genügend durchzufechten; vielleicht aus Furcht, dann doch womöglich allein weiterlaufen zu müssen. Eine lächerliche Furcht, weil da ohnehin kein Weg herum führt. Nur eine Frage der Zeit jedesmal; die man nur vergeudet, wenn man sich der Route eines anderen verschreibt, nur um die Begleitung sicher zu stellen. Wird mir nicht mehr passieren, hoffe ich.

Hier sowieso nicht. Würde mich eine Griechin kennenlernen, mich, nicht nur meinen Körper, auch mein ominöses Denken, meine verschlagene Sicht der Dinge, meine unzuverlässigen Gefühle – sie müsste mich wohl unvermeidlich für die leibhaftige Schlange im Garten Eden halten, die nichts im teuflischen Sinn hat als ihre schleunige Vertreibung aus dem Paradies. Denn die leben hier wahrhaft noch wie vor dem Sündenfall, dem mitteleuropäischen, angloamerikanischen der 60er Jahre. Mein Gedächtnis knüpft unentwegt Fäden zur Adenauerzeit. Nur die Mode (in jeder Form: Autos, Kleidung, Wohnen) ist eine andere, die jeweils aktuelle aus Europas und Amerikas Lebensqualitätsfabriken trifft mit nur geringer Verspätung hier ein. Und Reliquien der durch Klima und Geographie entstandenen, speziell griechischen Lebensart lassen sich, wenn man Glück hat, noch finden: etwa die Straße als wichtigster Schauplatz allgemeinen und privaten Lebens, noch ist nicht jeder in die eigene enge Höhle verbannt.

Doch ein vergleichbar umfassendes, monströses „Problembewusstsein", wie es in Amerika und Europa zwischen 65 und 75 kaum einen Stein auf dem anderen ließ, ist so fern wie in der BRD während des Wirtschaftswunders: unangetastet und unbezweifelt leben hier Verhaltens- und Beziehungsmuster, Werte und Lebensinhalte fort, die bei „uns" – zwar auch noch bestehen, aber nicht mehr uneingeschränkt ausschlaggebend wirken. In jedes deutsche Wohnzimmer ist mittlerweile die Kunde von den tausenderlei Emanzipationen gedrungen, und selbst wo sie nichts veränderte, blieb trotzdem nicht alles beim alten. Hier ist man gerade dabei, die Wohnzimmer herzurichten. Ein zutiefst konservatives Land. Das Unerschütterte dieser festgefügten Basis von Grundwerten, die mir längst keinen Grund mehr wert sind, verwirrt mich: Ehe, Familie, Kirche, Berufserfolg in klingender Münze, als Nachweis gelungenen Lebens, Tabus noch und noch, Konsumbegeisterung, Umweltignoranz.

In Kleinigkeiten fällt es mir auf: die Kleidung selbst der Jüngeren immer modisch, chic, elegant, jedenfalls gepflegt und aus dem Ei gepellt; die einwandfreie, sorgsam hergestellte Erscheinung ist wichtig, zählt: die Mädchen geschminkt, frisiert, „fraulich", kaum eine ohne BH. Jeans sind selten. Kein Haarschmuck, der nicht modischen Schnitt aufwiese, blitzblank ein jeder Schuh, auf den man tritt. Alles hat noch diese unversehrte naive Reinlichkeit und Säuberlichkeit, die davon zeugt, wie sehr eine Welt in Ordnung ist, aus einer gewissen Perspektive jedenfalls. Kein Zweifel bedroht hier die Einheit von Zeit, Raum und Handlung, nirgendwo ein „kaputter Typ" (worin, wie ich gelernt habe, gerade das Kaputte liegt); über Worte wie „adrett", „Anstand", „Benimm", „es gehört sich so", „Etikette" lacht hier niemand, weil sie wichtige Pfeiler der Plattform beschreiben, auf der hierzulande gelebt wird.

Die Rollenverteilungen schlummern unangetastet wie im Schoß der Muttergottes (der wichtigsten hiesigen Heiligen), jeder hat seinen festen Platz: die Frau (tatsächlich) am Herd und im Kinderzimmer, der Mann am Arbeitsplatz und im Cafenion; Töchter und Söhne werden aufs Nämliche vorbereitet, schon dank der zahlreichen, einflussreichen Popen, die noch viel gelten hier: geht einer über den Markt und segnet die Stände, drückt man ihm an jedem in die ausgestreckte Hand, was er gerade braucht. Auch der Herr Doktor ist noch jemand, dem man mit gesenkten Augen begegnet, ebenso der Herr Mercedesfahrer und der Herr Yachtbesitzer. Fühle mich manchmal wie auf einem anderen Stern. Merke, dass es tatsächlich soetwas gibt wie Ländergrenzen, die nichts anderes durchlassen als Ware in jeder Form: Mode, Technologie, Konsumstandards, Touristen.

Und in der Tat waren zwischen 67 und 74 die griechischen Grenzen für alles andere verriegelt, die Junta ist ein sehr handfester Grund für die anhaltende Unberührtheit des Althergebrachten hier, die vielerlei Revolten außerhalb durften keinesfalls herein ins Land. Und anschließend knüpfte man an die Zeit davor, bloß keine Experimente, nach soviel Staat wünschte ein jeder nichts so sehr, wie seine Ruhe und Unversehrtheit wiederzugewinnen.

„Mach kaputt, was dich kaputt macht" – das ist schon für Fortgeschrittene; hier fühlen sich die allermeisten noch nicht einmal kaputt. Allenfalls die Gastarbeiter kehren geschafft aus den nördlichen Ländern zurück und sind froh für das leichtere, heile Leben zuhause: die dankbarsten Griechen und die traditionsverhaftetsten; sie haben unsere Welt erfahren und sich für ihre entschieden.

Zu einem Fremden macht mich hier auch, dass ich in alldem nichts Paradiesisches mehr zu entdecken vermag. Ähnlich erging es dem Teufel wohl auch, als er – überaus problembewusst – ein bisschen mit der guten Eva plauderte; was daraus folgte, weiß ja jedermann. Die Schlange ist auch darum ein Sexualsymbol, weil sie der armen Eva die ideologische Unschuld raubte. Mir fehlt der Elan dazu. Schade, Nausikaa, aber mit uns beiden wirds wohl nichts.

16

Manchmal die beklemmende Idee, eine Romanfigur zu sein, unfreiwilliger Mitwirkender irgendeines work in progress. Wer wohl mag mich schreiben? Würde den Verfasser liebend gern kennenlernen, immerhin interessiere ich mich für Literatur. Aber ich komme aus dem Papier nicht heraus, kann nicht einmal hindurchsehen. Das Papier eine Welt für sich, einmal darin, kommt man nicht wieder heraus; nie werde ich durch die Unendlichkeit des Buchrückens zu meinem Autor gelangen. Frage mich, was er noch mit mir vorhat. Wie geht die Geschichte weiter und zuende? Und wird er sie verkauft kriegen? Wird jemand sie lesen? Oder zerknüllt er sie wütend und wirft sie fort, weil er nicht weiterkommt? Und was wird aus mir, wenn er sie einfach unfertig liegen lässt und vergisst? Oder wenn er plötzlich stirbt? Was soll dann werden? Ohne ihn komme ich keine Seite weiter –

Ein Experiment: habe mich zum ersten Mal auf den anderen Stuhl am Küchentisch gesetzt. Tatsächlich ein Erlebnis. So sah ich die Küche noch nie, aus *der* Sicht. Alles schaut ganz anders aus als ich es bisher kannte. Nicht übel. Beschloss, in Zukunft gelegentlich den Platz zu wechseln, um mich nicht allzusehr an den einen oder anderen Anblick zu gewöhnen. Man muss es nur wagen: das Neue. Eben.
Das Alte aber auch – um sich für Neues zu öffnen. Es ist nicht immer nur Flucht, wenn einer sich hineinbegibt in die historische Dimension; oft ist sie unumgänglich, um sich der Gegenwart erst zu vergewissern, ihr auf die Schliche zu kommen, damit die Zukunft endlich eine Chance kriegt. Ein Großteil Heute lässt sich im Gestern aufspüren, vielleicht dort am deutlichsten – so wird schließlich ein Morgen möglich. Zu wissen, woher man kommt und wo man sich befindet, erleichtert die Orientierung für die Fortsetzung des Wegs. Allerdings darf man sich nicht verlieren in der eigenen Geschichte, jederzeit muss ein Zurück in die anstehende Welt möglich sein, denn nur in ihr gibt es ein Weiterkommen.
Ist mir oft passiert, dass ich mir abhanden kam, allzu schnell geschieht es: vom Gestrigen geblendet zu werden, verführerisch liegt das Thema auf der Hand, speziell die frühen Leiden nehmen gefangen, faszinieren; die eigene, am eigenen Leib erfahrene Tragödie verstellt den Blick auf die eigene Gegenwart; nicht selten nur zu gern: deren Dramen sind ja noch unbekannt. Lange ließ mich die Furcht vor ihnen nur dort noch an der Gegenwart teilnehmen, wo sie mir historische Erfahrungen bestätigte – in denen wenigstens kannte ich mich

aus. Zuguterletzt immer ein Holzweg, ja, ein lebensgefährlicher: das Vergangene dehnt sich aus bis ins Heute und nimmt schließlich dessen Platz ein; wodurch die reale, tatsächlich erfahrene Tragik zum Spiel wird, man legt sich eine Geschichte zu, die neue gegenwärtige und zukünftige Erfahrungen verhindert und erübrigt: das irreale Leben.

Fast ein Jahrzehnt schaffte ich es, mir einzureden, ich suchte in meiner Vergangenheit den Angelpunkt meiner Gegenwart. Dergleichen gelingt jedoch nur, wenn man sie nüchtern betritt, sich was es dort zu sehen gibt anschaut und gleich flugs wieder verschwindet, um es draußen, im Jetzt, vielleicht zu verwenden. Was mir oft fern lag, muss ich gestehen. Ich kletterte hinein als sei ich dazu verurteilt und – fand nichts; denn darum ging es mir garnicht, ich suchte nichts als einen geschützten, sicheren Platz zum Ausruhen und Abwarten und machte es mir richtig gemütlich da. Hier bin ich zuhaus, dachte ich. Und damit meine reichlich lange Anwesenheit an dem Ort nicht zu sehr auffiel und Misstrauen erregte, gab ich vor, noch auf der Suche zu sein, noch immer; sie sei eben verflucht groß und unzugänglich, diese Höhle, erklärte ich, und klopfte zum Beweis die Wände ab, zum tausendsten Mal, ernsthaft, aufmerksam und ... erfolglos. Also stand auch noch kein Umzug an, klar. Oft spielte ich die Rolle des Forschers so gut, dass ich selbst drauf reinfiel, zutiefst überzeugt, ich suchte nichts anderes als ein Mittel, mit dem sich draußen zu leben beginnen ließe. Darum ging es im Grunde auch, aber nur als Wunsch, im Traum davon. Ich suchte nicht nach den Werkzeugen, die dort irgendwo herumliegen mussten, sondern wartete nur. Auf Erlösung. Und wenn er nicht gestorben ist, dann wartet er heute noch.
Nein, so war es nicht. Bin mir nicht sicher, ob ich nicht doch eines schönen Tages aus eigener Kraft ans Tageslicht geklettert wäre, oder ob ich nicht sogar gerade dorthin unterwegs war, als Lena schließlich auftauchte, mich an der Hand nahm und ins Freie führte. Keine Ahnung. Aber so war es, so ähnlich wenigstens. Ariadne und ihre Kurz-

waren, der altbekannte Faden. Dass ich mich dann später in dem Knäuel völlig verfing, ist eine andere Geschichte.

Heute ist meine Gegenwart stabiler, unzweifelhafter, erschreckt mich nicht mehr so sehr, dass ich vor ihr ausweichen muss: nach hinten, zurück, am besten in den behütenden Mutterschoß; was sowieso nicht klappt. Stattdessen interessiert mich mehr, was denn mit mir geschah, seit ich ihn verließ. Einiges will ich herausfinden. Aber das ist nicht das Ziel, nur ein Mittel. Das Ziel ist, eine Antwort auf die Frage zu finden, wodurch ich der wurde, der ich bin ... nein, auch das nicht; das eigentliche ist die Absicht, ein anderer zu werden, nein, nicht einmal, kein völlig anderer, nur in einem Punkt: der Notwendigkeit, meinem Da-Sein endlich auch meine überzeugte Zustimmung zu geben oder es – ebenso überzeugt abzulehnen, das eine oder das andere.

Nur wer seiner selbst einigermaßen sicher ist, vermag eine Entscheidung zu treffen, mit der er so oder so seine Zukunft verantwortet; sich selbst in die eigenen Hände nehmen, endlich mal! Und keiner ist bloß ein Ergebnis, die simple Summe des Augenblicks – ihr Zustandekommen, dieser ganze komplizierte Rechenvorgang, jeder einzelne Summand gehören ebenso zu ihm. Darum blicke ich, wenn es nötig scheint, zurück: weder im Zorn noch angstbleich noch überschwänglich, eigentlich nur neugierig auf das, was ich wohl entdecken werde; das weiß man ja vorher nie genau, gottseidank, sonst brauchte man die Augen garnicht mehr zu öffnen. Schau heimwärts, Engel, zur Erde – damit du weißt, wo der Himmel ist. Amen

17

Der Empfang meines Gehalts am Monatsanfang ist immer ein Ereignis. Heute übergab Atta es mir in einem großen weißen Briefumschlag, auf den er geschrieben hatte: HERRN GREGOR SCHOTT. Ich wusste nicht, ob ich lachen oder weinen sollte. Es könnte ja auch ein Scherz sein, dachte ich. Aber als ich Atta ins Gesicht sah, fiel diese Möglichkeit weg, nein, es war kein Scherz, nur mein eigener Humor hatte es mich

vermuten lassen, Atta meinte es ernst. Es gehört zu den Geschäftsge-
pflogenheiten, immerhin bin ich ja eine ganz normale angestellte Ar-
beitskraft, Arbeit gegen Bezahlung, so war es doch auch vereinbart,
oder nicht? Ist denn da die Lohntüte so abwegig?
Sei mal Realist, Mensch! Nach Ladenschluss können wir immer noch
Vater und Sohn spielen, wenn wir's denn unbedingt wollen. Was hat
das denn mit dem Geschäft zu tun? Das Private steht auf einem anderen Blatt, man muss beides trennen! Gibt's denn noch ein Blatt dafür?
frage ich mich manchmal. Ob ich beim nächsten Mal den Empfang des
Geldes quittieren muss?

Auch ein Brief von Lena kam heute.
Ich habe schon länger damit gerechnet, dass sie mir schreiben würde,
sobald es ihr nur erst wieder schlecht genug geht, beides tritt immer
mit schlafwandlerischer Sicherheit ein, nichts Neues.
Ihre jüngste große Liebe ist am Ende, also fühlt sie sich mies, wie
immer, also erinnert sie sich, wie immer, plötzlich an mich, den harm-
losen, ungefährlichen Knaben für die Pausen zwischen ihren „Aben-
teuern".
Das ist die dumme Seite daran, wenn man jemanden so gut kennt:
kaum etwas überraschendes mehr, alles wiederholt sich. Auch meine
Reaktion: einerseits bin ich sauer und gekränkt, fühle mich miss-
braucht und benutzt dabei, so je nach Lena's Bedarf und Befinden an
Interesse und Bedeutung zu gewinnen oder einzubüßen; und – klar –
immer nur, wenn es ihr dreckig geht, falle ich ihr ein, für die guten
Zeiten eignen sich andere besser, dazu tauge ich nun wirklich nicht,
toter, schaler, ernster, langweiliger Narr, der ich bin! Offenbar lassen
sich die verschrobenen, gutmütig bekloppten Sonderlinge nur für's
Trösten verwenden, für's stets gütige, verständnisvolle Wieder-auf-
die-Beine-bringen. Jedesmal bringt mich die Vorstellung in Rage, mich
so stückchenweise, wie nach Haushaltsplan, verbraten zu sehen. Einer
meiner Songs handelt davon:

Lena, die Menschen sind nicht nur zum Spielen gemacht
dafür hast du doch lang genug deine Puppen gehabt
Du greifst dir das Süße von jedem, das Bittere lässt du stehn
doch sind es zwei Füße, auf denen Menschen meistens gehn

Als Zweifüßler geliebt zu werden, der alte Traum! In einer Ära des arbeitsteiligen Lustprinzips wohl sehr unangebracht.

Na ja, die andere Seite ist dann auch die Überlegung: vielleicht besser das als garnichts, verlang nicht soviel, sei bescheiden und zufrieden mit dem, was möglich ist! Andere würden sich geschmeichelt fühlen, wenn sie wenigstens das hätten!

Ja ja, die anderen, die armen Schlucker, was? Die sich mit zunehmender Perfektion darin üben, in rigoroser Selbstbescheidung ihren Anspruch an ihr Leben auf ein Mindestmaß zu reduzieren, nur um sagen zu können: Alles halb so schlimm! Dies beliebt man wohl mithin, die realistische Sicht der Dinge zu nennen, die man denen entgegenhält, die meinen, man habe wohl nicht soviele Leben zur Verfügung, um auf das Paradies, das das aktuelle Dasein offenkundig vermissen lässt, verzichten oder es womöglich auf spätere Gelegenheiten verschieben zu können. Zum Kotzen!

Wie wertvoll sind denn die Menschen, dass man sich aus ihnen wie ein Metzger gerade die Batzen herauszuschneiden wünscht, die man für das jeweilige Menü braucht? Was ist mit dem Blut, das dabei vergossen wird? Und dem Rest, der übrigbleibt? Der ist wohl am besten in der Kühltruhe aufgehoben, was? Damit er nicht verdirbt und zu stinken beginnt! Vielleicht kann man ihn irgendwann noch mal brauchen, man weiß ja nie, in schlechten Zeiten, die eiserne Reserve!

Das lässt mich verzweifeln: zuerst diese Selbstbedienung in mundgerechten Happen – und dann noch die als selbstverständlich vorausgesetzte Übereinkunft: Bleib hübsch cool! Halt dich eisern! Bigottere, verächtlichere, hämischere Zeitalter hat's wohl nie gegeben!

Ausgerechnet da hinein setzt mich die unergründliche Vorsehung! Hat's wohl mit den Augen, die schlampige Matrone! Ohne jedes Einfühlungsvermögen in zartgebaute Seelen! Einfach mittenrein ins Schlachthaus, ohne Rücksicht auf Verluste! Ich wate schon im eigenen Blut! Und hab mich noch immer nicht gewöhnt an den Gestank und den Anblick. Will's auch gar nicht lernen, hört ihr?! Dann lieber gleich und freiwillig ins Gefrierhaus, aber bitte ganz, nicht in Stücken! Am besten, ich verriegel die Tür von innen, damit sie mich nicht doch noch erwischen.

So, geschafft.

Tschüß.

18

Stelle fest: in den letzten Tagen ist mir die Gegenwart abhanden gekommen. Fast die ganze Zeit an der Schreibmaschine gehockt, kaum etwas gegessen, ungewaschen, die Haare verklebt, dicker Staub auf den Möbeln, der Aufnehmer auf der Fußmatte vor der Tür zu Runzeln vertrocknet, nicht einmal die Rollläden hochgezogen. Die Wohnung nicht verlassen, nur mal kurz zum Schiff, unschlüssig, jeder Schritt aus dem Haus kostete Überwindung.

Am Hals der Kaffeekanne verklebte, blasse Kaffeefäden, die Tasse eine Woche im Gebrauch, stumpf und schmuddelig. Der rote Aschenbecher innen wie Asphalt. Schöne Sauerei.

Kein Zeitgefühl, der Wecker war stehengeblieben, und dank der Rollos stand es mir frei, zu entscheiden, wann Tag, wann Nacht war.

Die Bettwäsche stinkt.

Kein Wort gesprochen die ganze Zeit. Ah, doch: dem Briefträger auf griechisch Nein geantwortet, auf seine Frage, ob irgendein Her Papasoundso hier wohne. Stattdessen für ununterbrochene Hintergrundmusik gesorgt, per Schallplatte, Kassette, Radio. Manchmal eine Heidenangst, schon unterwegs ins Irrenhaus zu sein; nicht vor dem Wahnsinn, nein, nur eben vor dem Haus. Denn der Wahrheit des Wahnsinns begegnen die vermeintlich Normalen ja mit Handschellen und anderem Gerät; obwohl sie die eigentlich Verrückten sind; aber sie besitzen die Macht der absoluten Mehrheit und damit, für den Augenblick, die des Handelns, den längeren Arm. Durch ihre Anzahl hinreichend legitimiert, schließen sie die ihrer Übereinkunft nach Abartigen aus ihrem Verband aus – in Wahrheit jedoch sich selbst *ein* in ihr gigantisches, wahnwitziges Kerkersystem, das sie menschenwürdiges Leben nennen. Jedem das Seine. Den Ausschluss könnte ich leicht verkraften – nur nicht den Aufenthalt auf dem winzigen, umzäunten Fleck eines seelsorgerischen Konzentrationslagers. Dem Wahnsinn der Mehrheit steht einfach mehr Raum zur Verfügung, ich möchte mit meinem lieber dort bleiben.

Schlimmer allerdings wäre noch das Mittelding: zuguterletzt zu verblöden, der harmlose Irre, dem offiziell freier Auslauf gestattet wird, zur Volksbelustigung, und der dies Amt auch bereitwillig übernimmt und ausfüllt: weil er zu früh in seinem Wahnsinn erstarrt ist, um darin frei zu werden, aber noch spät genug, um zuvor den Extrakt gesellschaftlichen Gebundenseins zu schlucken; der repräsentative Querschnitt mitbürgerlicher Un- und tugenden, nur zur Karikatur verzerrt. Darum können die lieben Mitbürger über ihn noch lachen: er ist ihnen noch so nah, dass er nicht fremd wirkt, aber schon genügend weit weg, um nicht als ihresgleichen zu gelten. So lässt er sich verwenden. Hölderlin.

Ich weiß nicht, woher meine Angst rührt, verrückt zu werden. Aber gelegentlich scheint mir ein solcher Ausgang unvermeidlich. Dann stelle ich mir vor, dass aus meinem Schweigen ein unbeherrschter Schrei wird oder ein nicht mehr zu zügelndes Lachen; und aus meiner Bewegungslosigkeit ein wildes Springen oder Purzelbaumschlagen oder Auf-dem-Kopf-Gehen; und aus meiner zurückhaltenden Vorsicht den Menschen gegenüber: rücksichtslose unbändige Wut. Lenz.

Oft scheint es mir nur ein Schritt dorthin; den bislang nur irgendeine lächerliche Hemmung verhinderte, Schwellenangst oder Bequemlichkeit oder Vergesslichkeit.

Ist das Wahnsinn?

Vielleicht sehe ich ihn zu heroisch, dass ich ihn nicht gänzlich aus-schließe, vielleicht unterschätze ich seine Einsamkeit, die der absolu-ten Freiheit, die dem Wahnsinnigen blüht. Er ist in seiner Welt uner-reichbar, darum kann ihn niemand darin beschränken und einengen. Allerdings ist er auch mutterseelenallein da (wenn einer weiß, was *das* heißt), verliert sich, trifft nie einen anderen – und so vielleicht nicht einmal sich selbst. Ist das noch Freiheit, trotz soviel Unbedingtheit?

Till fällt mir ein, auf dem Höhepunkt seiner Depression, die, weil er sie nicht mehr ertrug, jäh umschlug in die zugehörige Manie. Es war grauenvoll. Nie war mir ein Mensch so fern; obwohl ich andererseits auch noch niemanden je so intensiv und nachdrücklich anwesend erlebt habe. Alles an ihm rotierte, in schwindelerregender Schnellig-keit, die Gedanken, die Ideen, die Pläne, Sätze, Handlungen, jede Geste, jedes Wort, jeder Ausdruck. Er kam nicht zum Stillstand, be-gann alles und fing bereits das nächste an. So viel ging ihm durch Kopf und Bauch, dass er zu nichts kam. Und niemand konnte teilha-ben daran, er war nicht zu greifen; keiner der bekannten Griffe, mit denen Menschen gewöhnlich zueinander kommen, ließ sich auf ihn anwenden: Gespräch, Berührung, Appell an Gewissen + Verantwor-tung, Drohung, Gewalt ... Ich merkte da erst, wie wenige man über-haupt zur Verfügung hat – er entzog sich allen.
Nein, das trifft nicht zu, denn es hieße, er handelte vorsätzlich; er war für sie nicht fassbar, sie besaßen keine Gültigkeit, sein Wahn gehorch-te anderen Gesetzen. Er war nicht von dieser Welt, und löste sich in seiner auf, und war trotzdem in beiden anwesend. Muss sich wahn-sinnig verlassen gefühlt haben. Vielleicht ist es das: Im Wahn verlässt einer etwas, ohne irgendwo anzukommen. Alles verliert seine Festig-keit, ohne doch ins Fließen zu geraten. Die Geschwindigkeit der Dre-hung um sich selbst ist so groß, dass sie die Konturen auflöst, doch nicht groß genug, dass sich das Sein tatsächlich verflüchtigte. Ein unhaltbarer Zustand.

Die Einsamkeit Robinson Crusoes ist nichts gegen die Einsamkeit in Gesellschaft, in der Gesellschaft, wo doch Menschen gleich nebenan sind: zu sehen, zu hören, zu riechen.

Ja, ja, ich weiß: jeder ist allein, jeder seine ganze, eigene Welt, keiner kann heraus aus seiner Haut. Wer will das denn schon! Aber macht das gleich den Wunsch ungehörig, seine Haut wenigstens mal an einer anderen zu reiben?

Ziel sei weiß Gott nicht die großkotzige Neue Gesellschaft, die überlasse ich gern den vereinten Statistikern, Elektronenhirnen, vollstreckenden Beamten, Gotteskindlein und Schrebergärtnern aller Länder e.V. — ich wünsche die Gesellschaft derer, denen ich mich verbunden fühle. Und eine Spur davon wenigstens schon jetzt, ihre völlige Abwesenheit macht mir gelegentlich zu schaffen. Und wenn's nur per Brief wäre, irgendwem mitteilen können, dass und wie ich vorhanden bin, davon berichten können: das mache ich gerade, daran arbeite ich, das denke ich mir ungefähr so, und fragen können: was meinst du dazu? Was hältst du davon? Schon ein Widerspruch würde mich selig machen — etwas fände statt, von Haut zu Haut, bezeugte Interesse und führte irgendwohin — mein Versacken die letzten Tage führte zu Kapitel 16. Oder umgekehrt?

Jedenfalls habe ich heute Morgen die Wohnung von vorn bis hinten geputzt, ne Stunde in der Badewanne gelegen und mir zu Mittag ein fürstliches Mahl bereitet.

19

Die deutschen Nachrichten von Radio Hellas erzählten eine weitere Fortsetzung der alten und doch so wahren einzigen Geschichte vom strategischen Gleichgewicht der Welt. Eine Fabel übrigens: einige hohe Tiere ringen darum. Ihnen fehlt allerdings noch ein Ringrichter, wenn was dabei rumkommen soll. Wen werden sie wohl erwählen, welche Gattung erhält den Zuschlag, wen aus ihrer Mitte wird es treffen? Oder gibt es womöglich noch keine, die dieser Aufgabe gewachsen wäre? Und werden sie dennoch weiterringen, die hohen Tiere? Und wenn sie nicht sterben, sogar morgen noch?

Darum wohl sang anschließend Bob Dylan: You're gonna have to serve someone – du wirst jemandem dienen müssen.

Ja, ja, so ist es. Ober, bitte zahlen!

Atta meinte einmal scherzhaft: Wie wär's denn, wenn du zu den Mönchen gingst? Athos ist nicht weit von hier, da hättest du deine Ruhe.

Ich mag nicht so viele Männer um mich haben, versetzte ich, ja, am liebsten garkeine.

Oh, danke! sagte er, stand auf und ging.

Hatte ich es so gemeint?

Und worin eigentlich lag der Scherz?

Das griechische Fernsehen ist ein blasser Aufguss des nordamerikanischen, der griechische Rundfunk eine Adaption des mitteleuropäischen. Trotzdem, manchmal sind mir beide überaus sympathisch; z.B. wenn während der TV-Wettersendung der Beleuchter die Griechenlandkarte, an der der Moderator durch Winke mit dem Zeigestock seine Rede erläutert, in solch gleißendes Licht taucht, dass nichts mehr darauf zu erkennen ist. Der Moderator spricht vom Wetter in dieser und jener Gegend, der Zeigestock tappt im Hellen, der Beleuchter hat wohl etwas gemerkt, versucht, die Situation zu bereinigen, probiert, bis, nach anfänglichem Blinzeln, auch der Moderator im Lichtmeer verschwindet, nur von Ferne noch tönt seine Stimme.

Wo die technische Perfektion zu wünschen übrig lässt, hat die Menschlichkeit noch eine Chance. Eine Binsenweisheit, ja: besser die als keine. Das Dilettantische unterscheidet sich vom Vollendeten nur in einem: der Temperatur.

Nein, noch was: Das Vollendete lebt länger – tiefgekühlt. Darum lässt mich etwa der alte Goethe kalt, schon als Person, wodurch ich erst garnicht zu dem komme, was er im Alter schrieb. Das hat er nun davon.

Ich habe aufgehört, mein Schreiben an dem anderer zu messen; Vergleiche, bei denen ich immer den Kürzeren zog, denn ein Faktor entschied, ganz unabhängig von der Substanz, den Wettstreit von vornherein für sie: ihre Publizität. Ein ungedruckter Autor ist garkeiner, das sitzt auch in meinem Kopf, und lässt sich darum nicht messen an denen, die – lektoriert, zensiert, gesetzt, gedruckt, gebunden, verlegt – in Buchform leibhaftig wurden. Ein Buch, das sind nicht die Stöße Papier, die einer zuhause mit seiner Schreibmaschine zusammenheftet – erst auf dem Ladentisch oder in einem Regal beginnt seine Existenz, unter seinesgleichen, in der hanebüchenen Welt.

Kafka entstand erst mit der Veröffentlichung seiner nachgelassenen Romane. Der Ruhm kam für ihn zu spät, um ihn länger leben zu lassen. Vielleicht starb er nur darum: um endlich seinen Büchern Platz zu machen. Aber hätte er sie je geschrieben, wenn ihn der Ruhm noch zu Lebzeiten angetroffen hätte? Wäre er jemals Kafka geworden? Hätte er es überhaupt noch werden wollen, wenn ihm auch etwas anderes übriggeblieben wäre?

Die Welt der Bücher ist froh, ihn zu haben, natürlich, aber die Logik, die ihn dorthin geraten ließ, ist nur eine nachträgliche, rückwirkende. Was war Kafka vorher, als alles noch unlogisch wirkungslos offen lag?

Gemessen an dieser Daseinsform des „Buchs an sich" war das, was ich selbst schrieb, wie ungeboren und nicht vorhanden. Jeder neue Anfang schien wie ein Beginn im Nichts und endete auch allemal dort. Nach Aufgabe des Vergleichens bemerke ich nun hinter mir einen längeren Weg, der mit Geschriebenem gepflastert ist. Ich war wohl bescheuert, sage ich mir, das einfach zu übersehen: die vielen Worte, die ich schon verloren habe, gereimte, ungereimte, dramatische, erklärende, diese ganze Trauer- und Glücksarbeit: zu sehen, zu fühlen, zu denken, zu beschreiben. War das etwa nichts? Nur weil es nicht in schwellende Bände gebannt in irgendeinem Regal steht?

Habe beschlossen, gemäß Böll's mutigem Beispiel, meinen Nachlass der Stadt Köln zu vermachen. Werde bis dahin nicht nachlassen in dem Bemühen, das Papiervolumen noch zu vergrößern, die Archivare sollen ihre unfreiwillige Freude haben. Ob sie es schaffen werden, einen Schott aus mir zu machen? Einen, der sich sehen lassen kann? Und lesen?

20

Lena jammert in ihrem Brief wieder fürchterlich: nie habe ihr die Aufarbeitung einer verflossenen Beziehung soviel Angst gemacht wie jetzt die unserer; sie wünschte, das nicht fühlen zu müssen, ja, habe gar zu trinken begonnen über all dem Elend, wodurch sie mittlerweile wie eine 40jährige aussähe. Sie sehne sich nach meiner Nähe, meinen Worten und ertrüge es nicht, von mir nichts mehr zu hören. Oder muss ich das ertragen? fragt sie dann gequält, ich will dich nicht verlieren ... Ich gefror zum Eisblock, als ich es las. Ich spüre kein Mitleid mehr, keinen Funken Sympathie. Jede einzelne Formulierung, mit der sie sich preisgibt, stößt mich ab.

Beziehung aufarbeiten! Steht das in den 10 Geboten der Neuen Wissenschaft vom Menschen: Du sollst deine Beziehungen aufarbeiten wie dich selbst?! Das neue therapeutische Pflichtgefühl, wie?

Auch ich wünschte mir, verschiedenes nicht fühlen zu müssen, zumal Empfindungen, die ich der Rücksichtslosigkeit und Oberflächlichkeit anderer zu danken habe. Die eigenen kann ich getrost selbst verantworten und was aus ihnen folgt: die Falten, die Ränder unter den Augen, den verkorksten Magen. Kein Maskenbildner ist verpflichtet, mein Äußeres wieder in Ordnung zu bringen.

Ich hasse das Selbstmitleid, wenn es nichts anderes ist als Werben um Mitleid. Was auf die eigene Kappe geht, muss man auch ertragen lernen, speziell die Verluste, die sich einstellen durch allzu leichtfertigen Gebrauch der Menschen: viele gehen dabei zu Bruch, flicken sich notdürftig wieder zusammen und suchen das Weite.

Ich werde versuchen, zu leben, ohne zu leiden, schreibt Lena noch, als Schluss aus ihren miesen Gefühlen. Hast du je was anderes gemacht? denke ich, Hätten sonst soviele unter dir zu leiden gehabt?

Ich habe keine Geduld mehr für Kinderspiele, wenn Erwachsene sie spielen, als seien sie speziell für sie erdacht. Wenn es jemandem Ernst ist mit sich und mir, dann soll er sich gefälligst die Mühe machen, einmal nachzusehen, wer er und ich denn eigentlich sind. Ich bestehe darauf, dass mir einer mit Achtung und Aufmerksamkeit begegnet, der vorgibt, an mir interessiert zu sein. Andernfalls geht es ihm wohl um anderes, ums eigene Wohlbefinden vermutlich.

„Damit mag man mich verschonen!" äußerte der müde König ungehalten, drückte dem Hofmarschall die Krone in die Hand, begab sich in seine Gemächer, packte seinen Koffer, bestellte sich ein Taxi, ließ sich in die Stadt fahren und begann im Obdachlosenasyl seine Memoiren.

Besser, die schöne Vorstellung von dem Mädchen, das der schicksalsträchtige Zufall dereinst zu mir führen soll (s.o. Bekanntschaft am Schiff, als Auftakt einer ewiglichen Bindung), verwirklicht sich nicht. Ich hege nämlich die ärgste Befürchtung, dass mir gerade im entscheidenden Moment (dem ihrer Frage an mich, wo sie bleiben könne – man erinnert sich?) die nötigen, vorgesehenen Worte für die zutreffende Entgegnung fehlen werden oder ich in meiner Verwirrung nur unbrauchbares (für den Fortgang der Handlung) stammle – wie heute, als die schlanke, hübsche Frau zum Schiff trat und mich nach einem Boot fragte, dass auch hier im Hafen liegen soll. Ich sah sie an, schluckte einmal tief und antwortete dumpf: Nein, davon weiß ich nichts, hab noch nie gehört von dem Boot, am besten erkundigen Sie sich beim Hafenamt.

Tja, sagte sie, zuckte die Schultern und ging.

Auf dem Nachhauseweg entdeckte ich das gesuchte Boot zwanzig Meter weiter am selben Kai, kein Mensch darauf zu sehen. Und irgendwann werde ich es vielleicht nicht einmal mehr bemerken, wenn

SIE vor der Gangway steht und mich fragend anschaut; so dass sie nach 3 bis 5 Minuten aufgibt und fortgeht.

Was dann?

(Besser, du beeilst dich. Komm bald!)

Die Nachmittagssonne fällt jetzt genau in einem Winkel zwischen den Häusern hindurch zur Balkontür herein, der sie die rechte Hälfte meiner Arbeitsplatte bescheinen lässt, vor der ich sitze. Sie macht den feinen Staub sichtbar, der jeden Gegenstand bedeckt: die Zeichenblöcke, den Malkasten, die fünf Töpfchen Plakafarbe, die Tusche, die Kohle, die Filzstifte, die Blei- und Buntstifte in ihren Bechern, den Zirkelkasten, Seeleben III, den Aschenbecher, die Packung Karelia, das Feuerzeug, den aufgeschlagenen Ordner, in den ich die vollgeschriebenen Seiten hefte, den Kuli neben ihm, das Brillenetui, den Notizblock und ein dreieckiges Stück Tapete hinter allem. An jedem Teil hängt wie festgewachsen ein langer, schmaler, scharf umrissener Schatten, der sich im unbeschienenen Bereich der Platte verläuft.

Zwei, drei Minuten lang täglich findet das Sonnenlicht gerade hierher, jedesmal allerdings verschieben sich Zeitpunkt und Ausschnitt der Bestrahlung um einige Gradstriche, ich könnte mir einen Sonnenkalender daraus basteln.

Grundsätzlich ist die Wohnung dunkel, aber jeder Raum hält einen solchen sonnigen Augenblick bereit. Besäße ich nur genügend Zimmer und die nötige Beweglichkeit, ich könnte mich tatsächlich fortwährend im Licht aufhalten. Aber ich bin beileibe kein Royalist. Und so bricht aus der allgemeinen öffentlichen Sonne Tag für Tag lediglich ein Stückchen ganz privat für mich heraus. Das weiß ich zu schätzen, und sei es nur, um mich ans fällige Staubwischen erinnern zu lassen.

Jetzt hat sich die Sonne schon wieder von der Platte zurückgezogen, wandert soeben durch die Tür zum Balkon hinaus; gleich wird sie herunterfallen.

Ich friere, irgendwo habe ich mir eine Erkältung geholt. Vielleicht machts auch der Marmorboden, fühlt sich eisig an. Für den Winter werde ich mir wohl ein paar Teppiche besorgen müssen, hätt ich nicht gedacht.

21

Dornröschen im Zeitalter der Atomspaltung. Das verwunschene Schloss ein psychoanalytischer Modellbau, die undurchdringliche Dornenhecke ringsum eine Mauer süßlich-duftender, stechender Frustrationen. Darinnen erwartete ich meinen Prinzen, nein, die Prinzessin natürlich, ich war schon damals äußerst männerfeindlich.
Lena hatte sich nur kurz in meinem Schloss umgeschaut.
Clever wie sie war, fand sie gleich den einfachsten Weg, mich zu wecken: kurzentschlossen schob sie mich samt Bett zur Tür hinaus, mitten auf den lärmenden Marktplatz der nächsten Stadt, wo die Händler in ihren bunten Buden mit kreischenden Stimmen die besten aller Leben feilboten, in jeder Form und Verpackung, antiquarisch bis avantgardistisch, fürwahr ein blühendes Gewerbe, in einziger ewiger Hochkonjunktur, nie kann das Angebot die Nachfrage völlig decken.
Ich stand auf, rieb mir die Augen, schaute mich um, überlegte, was ich hier wohl anfangen sollte, als Lena mich auch schon bei der Hand nahm und geheimnisvoll zu einem leeren Stand am Rand des Platzes führte. „Das ist unserer!" sagte sie stolz und zeigte mit dem Finger darauf, „Komm!"
Sie zog mich hinter die Theke, von dort sah das Treiben ringsum ganz anders aus.
„Gut" sagte ich, „schön, aber was zum Teufel sollen wir denn verkaufen?"
Lena sah mich schief an und stemmte die Hände in die Hüften: „Na, dann denk mal nach! Was wohl?" Ihre Sicherheit verdutzte mich, und vorsichtshalber klopfte ich mal meine Jacke ab und durchwühlte die Hose. Tatsächlich! In der linken Backentasche war irgendwas!

Vorsichtig zog ich es heraus und legte es auf die Theke. Ich strich ein paarmal mit dem Handrücken darüber, denn es war arg zerknittert.

„Siehst du!" sagte Lena schmunzelnd, „Da haben wir's!"

„Ja!" stimmte ich ihr aufgeregt zu, „hatte es glatt vergessen, das alte Stück!"

„Ich aber nicht!" strahlte Lena mich an. Sie bückte sich und kramte unter der Theke ein großes rotes Plakat hervor, darauf war mit schwarzen Lettern geschrieben:

Sonderangebot! Notverkauf! „Theorie + Praxis des idealen Lebens auf dem Lande – die sozial-therapeutische Wohnkommune" + 1 Gratis-Modellbaukasten für 6 Personen!

Mir blieb die Spucke weg.

„Toll!" sagte ich hingegeben, „Da muss ja was draus werden!

Zuallererst hatten wir unsere Lebensläufe getauscht. Lena erzählte ihre handlungsreiche Geschichte: arme Eltern, große Familie, fünf Geschwister, winzige Wohnung, gestrenge Mutter, viel Prügel, Schule, Pubertät, die üblichen Deformationen also, zuzüglich drei Jahre Internat, Nonnen, Alten- und Totenpflege, einleuchtend die frühe Flucht in labile, kurzlebige Männergeschichten, aber jede unbefriedigend, enttäuschend, kompliziert, darum anschließend noch 'n Versuch mit der nächsten, die erste Ehe dann, mit 19, mit 20 geschieden, neue Männer, Umzüge, die zweite Ehe mit 23, ein Jahr später die Tochter, ein Jahr später die Scheidung, neue Männer, aber allmählich auch diverse psychische Turbulenzen, Depressionen vor allem, plus somatischem Beiwerk, Psychotherapie, abgebrochen, Tabletten –

Ich referierte im Gegenzug meinen wortreichen Werdegang: vom Leiden an der Welt über das Erkennen der Welt bis hin zu ihrer systematischen Durchdringung, zunächst arme, dann reiche Eltern, große Wohnung, Tod der Mutter, kleine Familie, die Schule, Pubertät, die Beatband, das verhinderte Abitur, einleuchtend die frühe Flucht in die ewige Einsamkeitsgeschichte, aber stets unbefriedigend, enttäuschend, kompliziert, allmählich der übliche seelische Knacks, speziell

Depressionen, dazu passend die leibliche Verstopfung, Abführmittel, ausgekotzt, Tabletten –
Zwei lange, mühsame Wege demnach, und auch ihre Darlegung dauerte, eine Weile blieb kaum Zeit für anderes, wir redeten um unser Leben, später auch ums künftige, gemeinsame, das mit den vielen Worten am Horizont morgendlich graute.

Nach Abschluss der Vorstellungsgespräche und Verhandlungen gründeten wir schließlich im Mai 77 in meinem Aachener Dachkontor die Firma: Sehnen & Schott, Geistesfrüchte u. Kosmotika, In- und Export. Wir teilten die Aufgaben ausgewogen: ich war für das „In" zuständig und erledigte den Bürokram, Lena fürs „Ex" und die kaufmännische Abwicklung. Es lief gut an, wir ergänzten uns vortrefflich, in dieser Konstellation nahezu konkurrenzlos weit und breit. Es florierte.
Die überraschende Expansion machte schon bald eine Erweiterung des Vorstandes erforderlich. Wir zogen Lotte und Till als Compagnons hinzu, Till kümmerte sich um die Technologie, Lotte übernahm das Personalwesen.
Zwangsläufig wurde durch diese unerwartet positive Entwicklung eine Übersiedlung in ein weiträumigeres Haus immer dringender. Wir fanden ein passendes Objekt in unmittelbarer Nähe Aachens, in ländlicher, dörfischer Umgegend, wie zugeschnitten auf unsere geschäftsbedingten Erfordernisse. Im August 77 wechselten wir den Standort. Nahezu eine Pioniertat, möchte ich meinen, richtungsweisend für die Krisenbewältigung der städtischen Glücksindustrie der Zukunft: die Erschließung des grünen Umlands. Die fehlende Infrastruktur machten wir durch persönlichen Einsatz mit Leichtigkeit wett, in drei Monaten stand die Firma, die Produktion lief an.

Die moderne, humane Betriebsordnung, die wir erarbeitet hatten, gewährleistete ein harmonisches, lebendiges Zusammenwirken. Vielfältige innerbetriebliche Freizeit- und Fortbildungsangebote sorgten für willkommene Auflockerung und gediegene Qualifikation: der Gymnastikraum, die alternativen Grünanlagen mit Frischobst, das Selbsterfahrungstraining, der politische Gesprächskreis.

SCHÖNER WOHNEN – LEICHTER ARBEITEN – BESSER LEBEN: DIE GLÜCKLICHE GEMEINSCHAFT – dieser Wahlspruch trug unser Produkt in die Welt hinaus, weit in die Aachener Innenstadt hinein. Die Aufmerksamkeit der Verbraucher stieg, die Nachfrage wuchs, die Kontaktbesuche aus Groß- und Einzelhandel häuften sich. Wie in anderen ähnlich gelagerten Firmen trat der völlig überraschende Konkurs, im Mai 78, nicht etwa durch einen Mangel an Einsatz ein, vielmehr durch das genaue Gegenteil: in übertriebenem Perfektionismus meinten wir, auch dem noch fehlenden seelsorgerischen Aspekt des Unternehmens endlich Rechnung tragen zu müssen – und engagierten den derzeit hochgeachteten All-Geistlichen Absalom. Mit seiner Haushälterin zog er im Februar 78 in unsere Mitte: ein ernster, verblüffender Mann, zudem sehr belesen: stets traf man ihm mit einem schwierigen, esoterischen Werk in den Händen, sei es, dass er hineinschaute, sei es, dass er etwas herauslas, das sich auf kleine Zettel notieren ließ, anhand derer er uns bei den täglichen Sitzungen darüber aufklärte, wie alles in Wahrheit beschaffen war: ganz anders nämlich.

Das erstaunte uns zutiefst, hatten wir doch bislang gerade das Gegenteil angenommen.

Natürlich durfte diese einschneidende Veränderung nicht ohne Wirkung auf das allgemeine Firmenleben bleiben. Am augenfälligsten wurde sie in der Abwandlung unseres Hausspruchs, der nunmehr nicht anders lauten konnte als: WOHNEN – ARBEITEN – LEBEN: DIE SINNVOLLE GEMEINDE.

Dass sich daraufhin auch die Konsistenz unserer Kundschaft wandelte, lag auf der Hand – wir halfen Absalom beim Umbau der Geschäftsräume in die erforderliche kirchliche Einrichtung (Sakristei, Beichtstuhl, Wandelgang, Kreuzweg, Kanzel, Küsterloge, Katechetenraum, Allerheiligstes) und eigneten uns intensiv und sorgfältig die nötigen Fertigkeiten an, um den neuen Aufgaben gerecht werden zu können: Messdienst, Laienpredigt, Hostienbacken, Kenntnis der heiligen Schriften, Versenkung, kurz: alle Voraussetzungen für die gebotene unio mystica. Seltsam, dass Lotte dann plötzlich auszog, zu einem Freund, und Lena wieder mit der Stoffsammlung für spätere Männergeschichten begann und Till gar eines Nachts in einer noch geschlosseneren Anstalt landete.

Und seltsam, dass ich solange die Stellung hielt. Aber wenigstens hatte ich mich schon bei einer Kölner Wohnungsgenossenschaft für eine billige Wohnung vormerken lassen. Das dauerte halt. Erst im Januar 79 konnte ich umziehen. Da waren wir quitt.

(Traum)

Mit Lena und Lotte bei einem Fest, das in einer riesigen, bahnhofsähnlichen Halle stattfindet, die von gewaltigen Treppenanlagen und Gängen durchzogen ist, die den Raum in unzählige Nischen, Zimmer, Säle teilen. Scharen von Menschen halten sich darin auf, in kleineren oder größeren Gruppen, ziehen durch die Räume oder stehen zusammen, reden, tanzen, spielen, bumsen, alles in einem unaufhörlichen Bewegungsstrom. Zigarettenschwaden hängen in der Luft, Alkoholgeruch, ein düsteres Licht bescheint die gesamte Szenerie, die – obwohl unzweifelhaft ein Fest – keine Spur von Frohsinn oder Leichtigkeit aufweist, vielmehr scheint mir als bedürfe das ganze Treiben einer dauernden, ungeheuren, todernsten Anstrengung, was mir ein Gefühl extremer Bedrückung und Bedrohung beibringt.

Gleich bei unserem Eintreten werden wir wie von einer Woge mitgerissen, Lotte taucht sofort in der Menge unter, ich halte mich an Lena, aber sie schüttelt mich wütend ab und verschwindet.

Stundenlang suche ich sie in dem labyrinthischen Gebäude, um mich herum Menschengewühl, Lärm, Gerüche, aber niemand berührt mich, auch ich will niemanden berühren, denn alles macht mir Angst, scheint von einer solchen Gewalttätigkeit und Brutalität, dass ich kaum zu atmen wage.

Ich fühle mich wie ein Fremdkörper, der nirgendwo dazugehört, das Treiben um mich herum nimmt mich nicht auf, weil ich allein bin.

Unversehens werde ich in einen engen, schummrigen Raum gedrückt; drei Personen sind hier, zwei überaus kräftige Männer und eine Frau, alle nackt, schweißnass, in wildem sexuellen Ringen miteinander verschlungen; in der Frau erkenne ich Lena, ich rufe sie mehrmals, wage aber nicht, näher zu treten; einmal wendet sie sich mir zu, ein abwesendes Lächeln im glänzenden Gesicht, ohne mich zu sehen; die beiden Männer jedoch bemerken mich, laufen auf mich zu und brüllen mir lachend entgegen, dass sie mich um Verzeihung bäten, mich verstünden und mir wirklich nicht wehtun wollten, wobei sie mich mit Schlägen und Tritten auf den Gang hinausdrängen; ich sehe noch, wie sie lachend zu Lena zurückkehren, die sie grinsend erwartet.

Ich empfinde keinerlei Halt mehr und falle wie ein Stein durch die Menge.

In den Armen einer dicken, welken, aufgetakelten älteren Frau bleibe ich hängen. Sie presst mich an sich, hantiert an mir herum als habe sie tausend Hände. Als sie mich, obwohl ich mich wehre, auf den Mund küsst, kotze ich ihr voller Ekel über den Leib. Sie lacht, aber lässt mich los. Ich stürze.

Am Rande des Treibens finde ich mich wieder, in einem dunklen kalten Gang, der zu einem der Ausgänge führt. Von Ferne tönt noch der Lärm des Festes herüber.

Unschlüssig mache ich mich auf den Weg zum Ausgang, als mir auffällt, dass ich meine Tasche verloren habe. Ein ungeheurer Schreck durchfährt mich, ich renne zurück, um sie zu finden, ich brauche sie unbedingt, meine sämtlichen Papiere sind darin. Ich folge dem Geräusch des Fests. Oft scheint es ganz nahe, einige Male sehe ich es sogar durch die Fenster und Ritzen, aber die Gänge verzweigen sich so, dass ich mich verlaufe und den Eingang nicht wiederfinde.

Stattdessen gelange ich auf eine Art Bahnsteig; Züge, vollgestopft mit lärmenden, feiernden Menschen, laufen ein, fahren aus, ich habe das Gefühl, einsteigen zu müssen, weiß aber nicht, wohin ich will, welcher Zug der richtige wäre.

In einem hellerleuchteten Waggon sehe ich Lena, sie lacht und redet mit den Leuten in ihrem Abteil. Ich will ihren Namen rufen, bringe aber keinen Ton zustande, mir fehlt die Kraft, die Lippen zu bewegen. Ihr Zug verschwindet in der Nacht, der letzte, der Bahnsteig ist nun leer und dunkel.

Ich gehe eine lange Treppe hinab nach draußen, zur Straße. Es ist stockfinstere Nacht, kein Mensch zu sehen. Müde setze ich mich auf den Bordstein und weine. Ich friere.

Nach langer Zeit hält ein Wagen neben mir, meine Eltern sitzen darin, auch sie kommen von dem Fest, sie sind geschmückt und sehr guter Laune. Es macht sie traurig, mich zu sehen, trotzdem lassen sie mich einsteigen. Sie sagen kein Wort und fahren los. Mir ist klar, dass es für mich die falsche Richtung ist, aber ich bin froh, hier fortzukommen.

Sept. 79: Lena, es gab einen ersten Brief, warum solls nicht auch einen letzten geben? Es gibt Unterschiede zwischen den Bedingungen, unter denen sie entstanden: der erste trat an den Anfang von etwas, das begann – der letzte setzt ein klägliches Schlusslicht auf das, was vorbei und zuende ist. Aber auch Gemeinsamkeiten gibt es: der Pressspansekretär, die Schreibmaschine, rechts die Zigaretten, links der Kaffee, die Musik aus dem Recorder. Meine Hände allerdings sind andere, haben Unbekanntes berührt, ertastet, voll Wut geschlagen, voll Zärtlichkeit gestreichelt, haben sich festgeklammert (manchmal an anderen, meist an mir selbst), gelegentlich haben sie versucht, anderen unter die Arme zu greifen, oft andere Hände abgewehrt. Sie sind klüger und sicherer geworden. Meine Augen haben Dinge gesehen, die sie sich (im Guten wie im Bösen) nie hätten träumen lassen, si-

cher mehr als einer sehen sollte, selten haben sie
weggeguckt oder eins der ihren zugedrückt, und
manchmal wurden sie nass, wenn sie sahen, dass ich
zu vertrocknen drohte. Ich weiß nicht, ob ihnen soviel Durchblick guttat, jetzt jedenfalls sind sie
reichlich müde und erschöpft.

Mein Mund hat noch besser gelernt, zu schlucken was
man ihm reinschob, allerdings war die Kost eine andere als zuvor, bisweilen viel zu heiß, aber oft,
zu oft, eisig kalt, so dass viel in mir erfror.
Doch hat er auch erfahren, wie der Körper eines
Menschen schmeckt, den man mag.

Mit allem bin ich der Wirklichkeit näher gekommen,
der „Wahrheit", dem, was Leben ausmacht. Ob es
zweckmäßig ist, sich dem zu nähern, weiß ich nicht,
es wird sich herausstellen. Im Augenblick scheints
nicht so, denn ich sehe, dass ich allein bin und
friere und keine Wahrheit mich zu wärmen vermag.
Aber ich weiß, dass das mein Weg zu leben ist, und
kein geringerer als irgendein anderer. Irgendwo in
mir ist manchmal ein Stückchen Zuversicht, dass ich
dabei nicht auf der Strecke bleibe, wenngleich dieses Stückchen allzuoft verschüttet ist unter Zweifeln, Zaudern, Angst.

Keiner meiner Träume vom Leben hat sich in unserem
Zusammensein erfüllt, sie alle sind gescheitert an
der Mauer aus Menschen, mit denen ich sie umgab.
Und trotzdem bin ich noch da, zwar kein strahlendes
Menschenkind, sondern ganz schön angeschlagen, ver-
wundet, aber immerhin am Leben. Und meine Wünsche
ebenso, meine Sehnsucht. Ich will sie behalten,
auch wenn ich der einzige auf der Welt sein sollte,
der dergleichen träumt. Ich weiß, dass ich Recht

habe damit – sofern Menschen einen anderen Wert haben als Müll. Ich will kein Heiliger sein, aber an mir und anderen achten und beachten, was in uns als Möglichkeit immer gegenwärtig ist: menschlicher zu werden. Ich finde keine Menschlichkeit in diesem mörderischen Kampf zwischen allen, bei dem selbst der Sieger, wie bekannt, zuguterletzt leer ausgeht. Zorbas Tanz ist kein Tanz *gegen* Menschen, ist nicht laut, schrill, gewalttätig, geht nicht von den Menschen weg, vielmehr auf sie zu, er tanzt ein bisschen wie Kinder tanzen: freimütig, nicht gedrückt unter der trostlosen Last von Schuld und Verantwortung.

Ohne Hoffnung auf derlei Menschlichkeit mag ich nicht leben. Darum will ich in aller Schärfe sehen, was sie verhindert, will mit dem Finger darauf zeigen, als mein einziges Mittel gegen die Verzweiflung.

Wenn die Menschen und das, was sie tun, nur einen Hauch Wichtigkeit haben sollen, dann ist alles, was zwischen ihnen stattfindet, kostbar, unersetzlich, wertvoll. Und hat immer Konsequenzen. Sie wegwünschen oder von ihnen ablenken zu wollen, ist entweder totale Naivität oder totale Bosheit.

Ich akzeptiere nicht, dass das, was mit uns im letzten Jahr geschah, so wertlos sein soll, dass man darüber mit müdem Achselzucken sogleich wieder zur Tagesordnung übergehen kann, als sei nichts geschehen. Mein Bauch akzeptiert es nicht, mein Herz, meine Hände, meine Augen – und nur sie sind nicht in der Lage, die Brutalität, Oberflächlichkeit und Verlogenheit aufzubringen, die nötig wären, um Menschen wie Müll zu behandeln; mein Kopf, hätte er

genügend Einfluss, würde es mit Freuden tun, um es
mir leichter zu machen.
Lena, du wirst sicher immer wieder einen Ort finden, wo du dir ausweichen kannst – nur musst du dir
immer wieder einen neuen suchen, denn keiner hält
lange vor. Es ist sehr mühsam. Du wirkst so ge-
hetzt, noch immer, ich fürchte, du machst dir deine
Jäger selber; indem du ihnen zu entkommen suchst,
läufst du den wirklichen in die Arme.
Ich wünsche dir, dass du es überstehst, Schott

Ein wenig später, während meiner kurzen Kölner Zeit, Anfang des
Jahres, versuchten wir noch eine Wiederbelebung; nicht durch einen
erneuten Handel, nein: geläutert wie wir waren, probierten wir es
diesmal mit Mund-zu-Mund-Beatmung, liebten uns per Körper, nicht
länger ideologisch oder ökonomisch. Das selige Gegenteil des vorma-
ligen Elends – aber eben wieder nur ein Teil, auch jetzt begegneten
wir uns bloß als Fragment, zu wenig, dass es uns hätte tragen können, aber immerhin genug, unsere Körper sich so sehr aneinander
gewöhnen zu lassen, dass wir meinten, ihnen gemeinsame Zukunft
aufladen zu können, auf ein Neues, wieder die bunten Pläne von Sonne + Meer + Freiheit + Abenteuer, von gemeinsamer Freiheit, ge-
meinsamem Abenteuer, geteilt in Freud und Leid, bis dass der Tod
uns scheidet.
Und das war kein Spaß, nicht mal, nein, wir setzten gleich die wirklichen Umzugsdaten fest, buchten die wirklichen Flüge, verpackten
unsere wirklichen Sachen in die wirklichen Kisten der wirklichen Um-
zugsfirma, die sie wirklich in zwei wirkliche LKW's lud und wirklich
nach Piräus schaffte, wo ich sie wirklich in Empfang nahm und wirklich
eine Weile noch glaubte, die wirkliche Lena würde wirklich noch folgen (wie wir es wirklich vereinbart hatten), nur zwei wirkliche Monate
später, so wie es auf dem wirklichen Ticket wirklich zu lesen war.

Doch nichts folgte, nichts konnte auch folgen, schon garnicht Lena, denn nichts von alldem war je wirklich gewesen, sondern einfach nur geschehen. Und nichts anderes war geschehen als dass ein paar unwirkliche Träume wie auch immer ein paar wirkliche Kinder in die Welt gesetzt hatten: mit Wellpappe umwickelte Möbel, und Kleider, Blusen, Slips, Briefe, Tampons, Bücher, Bikinis, Nachthemden, Strumpfhosen, Geschirr, Röcke, Schallplatten, Bettwäsche, die mich nichts angingen und nur aus Versehen um mich rumstanden, in verbeulten, staubigen Kartons.

Nicht der Tod schied uns – er hätte es garnicht schaffen können: weil wir nie verbunden waren, außer in achtloser, überrumpelnder Gaukelei, die ein bisschen die Haut bewegte, nicht mehr, so dass es schien, wir bewegten uns tatsächlich zueinander, miteinander, ineinander. Nur eine optische Täuschung, ja, wir haben nicht genau genug hingesehen, das war alles.

Also doch ein Geschäft. Der blühende Handel mit Scherben ...

Bloß das geschickte Einwickeln in glänzendes, buntes Geschenkpapier beherrschten wir wirklich meisterhaft, schnell ein flottes Schleifchen drum und noch ein kleines persönliches Briefchen dazu.

Wir gratulieren!

22

Seit einer Woche ist Herbst.

Vorigen Sonntag installierte er sich mit einer mittleren Sintflut, die für drei Stunden die Stromversorgung unterbrach. Das Wasser strömte durch die steilen, engen Straßen in breiten, rauschenden Bächen dem Meer zu, eine dreckigbraune, sandige Brühe, die den parkenden Autos an den Kotflügeln hochschlug. Das wabernde Meer draußen sah aus wie Spucke, rührte sich kaum, eine zähe, düstere Masse, die am Horizont in den Himmel schwappte. Die Kellner aus den Lokalen unten brachten fluchend Tische und Stühle in Sicherheit; sind bisher noch nicht wieder aufgetaucht, die breiten Bürgersteige liegen öde und unfreundlich da. Seit dem Regen ist es kalt, für hiesige Begriffe, um 20 Grad. Auch für meine, die hiesigen sind schon meine geworden: ich friere. Zum ersten Mal seit ich hier bin ziehe ich Strümpfe an und nen dicken Pullover und wenn ich rausgehe noch ne Jacke drüber. Es ist scheißungemütlich. Die Sonne lässt sich nicht mehr blicken, hat wohl besseres zu tun: und der Himmel so müde, dass er seinen weiten Leib nicht mehr zusammenhalten kann: plumpe graue Lappen hängen tief in die Bucht hinab und versperren den Blick auf die nahen Berge.

Die kurzen Tage sickern lustlos weg, nur gegen Abend entwickeln sie jählings erstaunliche Energie: sind im Nu verschwunden, und gleich schon ist die Nacht zur Stelle.

Auf der Straße ist nichts mehr los, jeder macht sich auf und davon. Es ist so still und eng. Als ob sich alles verschlösse. Nur aus dem nagelneuen Musikladen unten im Haus dröhnt unverdrossen Hitverdächtiges: Born to be alive, bestimmt ein Discothekenrenner, so VITAL wie's klingt. Vor zwölf Jahren gabs ein Lied „Born to be wild". Damals setzte man das Leben noch als selbstverständlich voraus. Bescheidenere Zeiten heute. Herbstzeitlose. Aber an den Pflanzen wäre hier nichts zu erkennen. Zum einen gibt es nur wenige, und die schlagen sich dann noch ganz unabhängig von den Jahreszeiten so durch, blühen wann es ihnen beliebt und verlieren ihr Laub erst dann, wenn sich auch schon der vollwertige Ersatz eingestellt hat – es fällt garnicht auf.

Bedrohlich alles, ohne Sonne. Selbst griechische Häuser, Autos, Geschäfte sind bloß noch Häuser, Autos, Geschäfte, Zivilisationsschutt, dreckig, leblos, gefährlich. Wo soll man noch hin, wenn es überall gleich ist? Gibt's denn nichts mehr, wo ihr nicht eure Finger im Spiel habt? Keinen Fleck? Wirklich nicht? Schau doch bitte nochmal nach, ja? Menschen ...

Ecce homo: von Geisterhand erschaffen, selbst durch und durch durchgeistigt, vergeistigt er das Geistlose, wo immer er es trifft. Geistesgegenwärtig begeistert er sich für Geistreiches aller Art, während ihm Geisteskranke schlicht auf den Geist gehen. Im übrigen ist, wo

Haare sind, der Geist abwesend, darum müssen sie weichen, wo er wächst, speziell und nachdrücklich in den Geisteswissenschaften. Der alte Mann im Himmel aber wird die Geister, die er rief, nicht mehr los, hätte viel lieber Menschen um sich. „Selig die Armen im Geiste", wirbt er jetzt jammernd, „ihrer ist das Himmelreich!" Was denkt der sich denn! Alles wieder rückgängig machen oder wie?

Gottlob hört ihn niemand.

Axiom: Geister können einander nicht lieben, ja, nicht einmal berühren.

Frage: Auch nicht wehtun?

Antwort: Der tiefe Schmerz – in welchem Geist denn hätte er genug Platz?

Diese Abgründe zwischen Menschen, sicher. Aber muss man denn gleich drüberwegfliegen? Warum versucht man's nicht mit Klettern? Nur der Schrammen wegen? Aber wie zum Teufel sieht denn einer aus, der vom hohen Himmel auf die Schnauze fällt? Oder wegen der Umwege, wenn man zu Fuß unterwegs ist, auf dem Boden?

Ja, ja, die Gerade ist die kürzeste Verbindung zwischen zwei Punkten, in der Mathematik, und nur da – wo sich die Welt selbst abstrahiert, um sich nicht auf die Füße zu treten. Gespenster brauchen keine Füße, ja, aber was hat es mit Menschen zu tun?

Vor den Schritten genauen Kurs berechnen, was? Bitte ein geradliniger Lebensweg. Wo es ihn gibt, nimmt die Geradlinigkeit dem Weg das Leben.

Anwendung im vollen Leben: selbst die kühnsten Ballistiker habens noch nicht geschafft, der Revolverkugel ihren absolut geraden Weg in den Schädel zu weisen. Diese winzige, unmerkliche Krümmung im Flug des Geschosses lässt den Kopf noch im Sterben das Leben fühlen.

Bei Nordwind fliegen die internationalen Maschinen den Athener Flughafen über Piräus an, alle paar Minuten eine, Tag und Nacht, ich habe mich noch nicht daran gewöhnt, höre jede. Auch die, die vorgestern bei der Landung explodierte. Fünf Minuten, nachdem sie über mich hinweggeflogen war, verbrannten drüben, jenseits der Bucht, 14 Passagiere. Als sie über mir waren, packten sie vermutlich gerade ihre Handtaschen zusammen, klappten die Tischchen hoch an die Sitze ihrer Vordermänner, legten die Gurte an, zogen noch ein letztes Mal an ihren Zigaretten, legten sich das Haar zurecht, schminkten sich die Lippen nach, tupften sich mit einem Kleenextuch das Fett von der Stirn.

Der Pilot flog die nasse Landebahn zu schnell an, heißt es, musste darum extrem bremsen, was die Triebwerke und die 14 Leute nicht überstanden, er allerdings überlebte, wird vor Gericht gestellt, fahrlässige Tötung, hatte die Warnungen und Anweisungen des Tower nicht beachtet, heißt es.

Das griechische Fernsehen war alsbald an Ort und Stelle und sendete ausgiebig scharfe Großaufnahmen der verkohlten Opfer, zusammengeschmolzene Figuren in absurden Posen, wie expressionistische Wachsplastiken. Die Wirklichkeit des Todes wird hier nicht tabuisiert, nicht einmal von den Medien. Trotzdem wurde mir übel.

Traf Atta und Mom in der Taverne, wir aßen zusammen.
Sie erzählten von ihrem Besuch bei einem der reichsten Männer Griechenlands, einige Tage zuvor. Nebenher leitet er ein 3-Sterne-Hotel in Athen – neben der Reederei, dem Waffenhandel, den Warentermingeschäften. Ein offenes Geheimnis: seine damalige Unterstützung der Junta, natürlich; aber auch zur jetzigen Regierung unterhält er nützliche Beziehungen.
Außerdem sammelt er Kunst, zwei Dali's hängen in seiner Athener Zweitwohnung, eins davon ein Porträt seiner selbst, weiterhin Ikonen und ne Menge echt Antikes, in hypermodernen, lichten Glasvitrinen – jedes Stück aus dem Ausland eingeführt, wie er erläutert, vielleicht weil er und die Herkunft seiner Schätze vor einigen Monaten noch Thema eines Prozesses waren, jemand hatte ihn in Verbindung ge-

bracht mit einigen kapitalen Diebstählen, bei denen gerade solche Stücke entwendet worden waren. Das Verfahren wurde eingestellt.

Ein fröhlicher Mann offenbar. Gleich beim Eintritt hatte er den Besuchern anvertraut: „Damit Sie es nur wissen: ich verkaufe weder meine Bilder noch meine Schiffe noch meine Frau!" Das Eis war gebrochen, man speiste zusammen, Hummer und gefüllte Steaks, später machte er noch ein Foto von den Gästen und ließ auch sich selbst mit ihnen zusammen ablichten, draußen auf der Terrasse, die Akropolis im Hintergrund.

Atta speziell war beeindruckt. „Das wär ein Mäzen für dich", meinte er mit bedeutungsvollem Nicken, „Ein paar Hunderttausender würden dem nicht die Bohne machen. Vielleicht kann ich ja mal nen Kontakt herstellen. Gerade läuft im Entree des Hotels wieder eine Ausstellung. Man muss sowas halt ein bisschen lancieren."

Ja, ja.

Vor einigen Tagen las ich, dass Dali's Geburtsstadt einen nach ihm benannten Platz wieder umgetauft hat. Außer in Wirtschaftskreisen ist sein Name gottseidank kein Schmuck mehr. Bewundernswert, eine Verwaltung, die sich nicht blenden lässt.

Nächste Woche gehen endlich Lena's Möbel nach Deutschland zurück, der Immobilienmensch war vorhin da und entschuldigte die Verzögerung mit den leidigen Zollformalitäten.

Meine Güte, was geht's mich an? Oder war das etwa ein Stichwort? Muss ich jetzt meinen Text sprechen? The show must go on, Fortsetzung folgt, habe ich meinen Einsatz verpasst? Dieses ganze abgeschmackte Theater, diese Bretter, die die Welt vernageln, die dröhnenden Schlachten und derben Komödien, die Zuckergussliebschaften, all die kunstfertigen Tricks, mit denen man immer wieder nochmal um sich rumkommt, die peniblen Proben, die Sprechübungen vor dem Spiegel, sitzen die Gesten auch wie sie's sollen? Stimmt die Mimik so? Muss sagen, er beherrscht die Rolle perfekt, das muss man ihm lassen!

Was lässt man ihm denn damit, bitte, außer Garderobe?

So entstehen Gespenster: Geister, die kein Zuhause mehr haben bei wirklichen Menschen.

Und die Erdkruste am Ende tatsächlich eine aalglatte Folie, die keine Schatten mehr wirft, in denen man sich verbergen könnte.

Ein unbewohnter Planet.

So soll es sein.

23

Bin völlig apathisch. Könnte den ganzen Tag im Bett liegen bleiben, schlafen, träumen, dösen. Natürlich mache ich es nicht, stehe vielmehr pünktlich auf wie gehabt und schlepp mich durch den Tag, lustlos und schlapp. Ob's am Wetter liegt?

Nichts klappt: der Griff zur Schreibmaschine: Stunden sitze ich und suche nach Worten, kann aber beim besten Willen nichts entdecken, das sich notieren ließe, es geschieht nichts. Manchmal bin ich schon nahe daran, mich zu übertölpeln, fang wieder an, alte Geschichten aufzuwärmen, korrigiere, schreibe um, erweitere, eine Weile fängt es mich ein, aber dann platzt es wie ein Luftballon und hinterlässt Einöde. Gottlob. Es fehlte noch, dass ich den Ereignissen mit dem Schreiben zuvorkäme.

Griff zum Bleistift: tausend Striche, um eine Figur einzufangen, und wenn sie fertig ist, ist es eine, die ich längst kenne, schon gezeichnet, schon gestorben und begraben in der Sammelmappe. Dutzende zerknüllte Zeichenblätter.

Der Griff zum Schwanz: er wächst ein bisschen, doch überlegt es sich gleich wieder anders und sinkt zusammen, wie der schlaffe Zeigefinger eines Schlafenden.

Das Lesen gelingt nicht, beginne zahllose Bücher und komme über die erste Seite nicht hinaus.

Auf der Gitarre fällt mir nichts ein, immer die gleichen Akkorde, die bekannten Läufe, nichts Neues.

Die ganzen Gewohnheiten funktionieren nicht. Und darüberhinaus gibts nicht viel, eigentlich garnichts, fällt mir auf. Vielleicht fehlen mir Vitamine, sollte vielleicht mehr Obst essen ... aber es ist miserabel zur Zeit, die Trauben matschig, die Pfirsiche mehlig, und leckere Äpfel gibts noch nicht. Fühle mich als hätte man mich bestohlen.

Eine Zeit ohne Menschen – das geht. Aber eine ohne Gewohnheiten?

Piräus, 1980

Weitere Bände:

Liebe, Tod & Fritz Teufel (Erzählung)
Geschichten (Kleine Prosa)
Marktwirtschaftliche Gedichte
Songbook
Denk-Bar (Essays & Ideen)
Hör-Stücke